異世界に
転移したら山の中だった。
反動で強さよりも快適さを選びました。
12

主な登場人物
ハウロン
ジーンが普通を知るために、ノートに紹介してもらった伝説の魔法使い。リンリン老師のときは偏屈だが、ハウロンになるとオネエキャラになる二重人格。
パウディル＝ノート
アーデルハイド家に仕えていた、アッシュの執事。人当たりはよいが、実は腹黒い性格。冒険者時代には「影狼」と呼ばれていた。
ジーン
姉の勇者召喚に巻き込まれ、異世界に転移した大学生。物を作るのが大好きで、手を抜かない性格。人に束縛されるのは嫌だが、世話好きな一面もある。

ソレイユ
もともとは破綻した商会の娘で、現在は青の精霊島の領主代行。ジーンの行動によく叫びながら泣いている常識人。
ファラミア
ソレイユの紹介でやってきたメイド。無口で冷静、ソレイユ以外には冷淡。
キャプテン・ゴート
外海の航路を３つ開拓した偉大な船長。精霊の呪いで猫にされている。通称、猫船長。

Contents

異世界に転移したら山の中だった。反動で強さよりも快適さを選びました。12

じゃがバター

イラスト
岩崎美奈子

1章　青の精霊島と賢者の取引

カヌムの俺の家、昼前。

「ううう」

すでに呻《うめ》いているハウロン。

「不安しかございませんな」

遠い目をしている執事。

「なんで、なんでレッツェは留守なの……」

「なぜ私がレッツェ様の代行なのでしょう」

2人が挙動不審《きょどうふしん》。

「レッツェはスカーの出るとこの薬草採りだ。諦《あきら》めて」

ハウロンが指名依頼をレッツェに封じられたせいで、直接捕まえて了承をもらわないとついてきてくれなくなった。

今回の薬草採りはレッツェ的に、冒険者がたくさん集まるから情報収集と顔繋《つな》ぎのために外したくないんだって。

採れる時期が短いし、大型の魔物も出るから、冒険者総出になるってディーンが言ってたもんね。薬草の買い取り価格が高めなんでランクの低い冒険者は喜んで参加するし、ギルドの肝《きも》煎《い》りで大型の魔物の討伐に高ランクの冒険者も突っ込まれる。

「ノートはギルドからお誘いいなかったのか？」

「ありましたが、私はカヌム所属ではありませんので……。アッシュ様が参加ですので、行くつもりでおりましたが」

そう言ってハウロンを見る。

カヌムの所属じゃないから、ギルドはあんまり参加の圧をかけられなかったんだな。そして当人は参加のつもりがハウロンの横槍《よこやり》が入った、と。

ディーンとクリスはもちろん、ディノッソたちも一家で薬草採りと魔物狩りに参加してるはずだし、消去法で執事に頼んだのか、ハウロン。

いや、頼んだのはきっとアッシュにだな。将を射んと欲すればまず馬を射よって言うけど、この場合は馬を得ようとすれば、将に頼め？

アッシュはことを分けて頼めば、無理のない範囲なら聞いちゃいそうだし、執事はハウロンの頼みを拒むの大変そう。あんまりアッシュを使いすぎるとキレそうだけど。

「あっちで海老《えび》のパスタ食いながら打ち合わせなんだから、さっさと行くぞ」

今日はナルアディードでソレイユとの顔合わせの日。

カーンの国が小麦の買い入れをするんで、俺が顔繋ぎをする。渡すのはメール小麦だし、俺が直接運ぶこともできるけど、国としてやってくならちゃんと手順を踏んで、商売のルートを作っとかないとね。

「そう、ティルドナイ王の国にとって有益な取引ですもの、頑張《がんば》るわ。ジーンも引き合わせてくれてありがとう」

切り替えたらしいハウロンが頭を下げてくる。

「不本意そうでございますな」

「青の精霊島について集めた情報が不穏すぎるのよ！」

執事のツッコミにすぐ頭を上げる。

「行こうか」

青の精霊島は暗殺島だとか、不穏な会話にまた戻りそうな気配だったので、返事を聞かずに【転移】。

転移先はナルアディードにある、船頭《せんどう》の爺《じい》さんの船屋の一室。運河を通ったり、他の島々への移動だったり、船と陸を往復したりする小さな船専門。

最近はソレイユの船の荷下ろしとかでも仕事があるため、船屋ごとほぼ『島』の専属だ。その関係で小部屋を一室借りている。

空き船待ちの俺の専用休憩室ってことになってるけど、完全に転移用です。ナルアディードは家が密集していて、人目につかない離れた森とかないし。人がいたら【転移】できないんで、誰かに見られるという心配はない。その点は安心なんだけど、ナルアディードへの【転移】は何度も失敗するんで、確保した。

「――こんな狭《せま》い場所にも転移できるのね……そう、そうよね。カヌムの家も天井があって壁に囲まれているものね」

「うん。周りの景色を覚えてたらね」

最初は人目のない外だけ、次に広いところなら、今は一度行って覚えた場所なら。

俺もだいぶ進化してる。使い方を覚えた、というよりは、神々に与えられた能力の枠以上のことができるようになった感じ。

せっせと精霊に名付けてるからね。一度行って覚えた場所というのは、そこの精霊に名付けて縁ができた場所でもある。

船屋から出て、ナルアディードの港を歩く。港を通り過ぎ、坂を登り、目指すのはソレイユの商館。港に近い方が力のある商館なんだけど、さすがにそこまではいってないようだ。

土地の限られるナルアディードに建物を持つだけですごいんだけどね。商館と呼んではいても、建物の一室を借りてるとかが大多数だ。

「お邪魔します。商会長との商談で来た、ハウロンです」

玄関にいる案内係に俺が訪問理由を告げると、そのまま応接室に案内される。

働いているのは、ソレイユが以前勤めていた商会の人が大半らしい。ここはソレイユの商会で、俺は当然ノータッチなので、名乗ったのも取引相手であるハウロンの名だ。

「ようこそ。商会長のソレイユです、本日はよろしくお願いいたします。どうぞお掛けください」

よそ行き笑顔のソレイユ。

――ファラミアが隣にいないのがなんだか不思議。代わりに見たことのない壮年の男性がそばにいる。

ファラミアはここにもついてきているはずなんで、おそらく隣の部屋にいるんだろう。チェンジリングは避けられるから、姿を隠しているとかか。

島の中の、国としての取引では、逆に必ずソレイユのそばに控えてるんだけど。

「ハウロンだ。初めての取引となるが、これでも大賢者と呼ばれ、多少は名が知られている、信用の一助にしてもらいたい。よろしく頼もう」

重々《おもおも》しくハウロンが言う。

リンリン、リンリンですね？　お久しぶりです。猫船長の時は普通だったのに、なんでリンリンなの？　もしかして書類仕事の気配がするから？

ソレイユが俺の方を見てくる。大丈夫、リンリンは気難しげだけどきっちりしてるから。

つつがなく細かいことを詰めて契約を交わし、親交を深める目的で昼食へ。向かったのは、俺がナルアディードで初めて入った海の見えるレストラン。

海老のパスタ再び！

視線の先は海、遠く霞《かす》んでドラゴンの大陸が見える。——この内海はなんでか遠くが実際より近く見える。少し視線を落とせば、港に停泊する船たち。

風の精霊が時々遊ぶようで海に波が立つ。とても広いけれど、ほとんどを陸に囲まれた内海、普段は穏やかだ。年に一度か二度、嵐の精霊が暴れるらしいんだけど、俺はまだ見たことがない。

海に面したテラス席、それなりのコネがないと利用できない場所で、初めて来た時は入れなかった。

サービスも違うようで、席に着くと水の入ったグラスが置かれた。海に浮かぶナルアディードで塩辛《しおから》くない水は貴重。案内してくれた店員さんがメニューを開き、ワインの好みを聞いてくる。海老に合ったやつでお願いします。

人数分のグラスがテーブルに置かれ、ワインが注がれる。席に着いたのは、ソレイユ、リンリン、執事、俺。窓越しにファラミアが店内の席にいるのが見える。

中は四角いテーブルだが、こっちは丸いし、人数に対してだいぶ余裕があり、花まで飾られている。真っ白なテーブルクロスの上に濃い赤のグラス。金で模様が描かれ、脚《あし》はガラスのくすみを上手《うま》く使ったドルフィン細工《ざいく》。まああれです、ドルフィンというよりなんかシャチホコみたいな顔してるけど。これ、フグ投げてきた魔物じゃない？　気のせい？

ワインは少し金色がかった白で、ガラスが色つきで厚いのがちょっと残念な気がする。

「よい取引を」

お互いに軽くグラスを上げて、口をつける。

「新しい商会と聞いておったが、そうは思えんほどだ」

リンリンもこの席が通常は使えないことを知っているのか、そんなことを言った。

「商会の従業員の皆様も落ち着いていらっしゃる」

執事。

そうなの？　そういえば手慣れた感じだったかな？　ソレイユの元いた商会の従業員さんか

な？

レストランの従業員がまた、グラスと水差しを運んできた。透明だったんで水かと思ったら、アルコールの気配。

「アラクか」

リンリンが言う。

「ふふ。新参者ですが、それなりに仕事は早いつもりでおります。あとは信用していただけるよう努力いたしますわ」

にっこり笑ってソレイユ。

「アラクは大賢者ハウロンが好む酒。相手が大賢者と知って、店《ここ》に私たちが着くより早く従業員を走らせ、準備をさせましたか」

執事がソレイユの行動を解説してくれる。たぶん俺向け。

ハウロンがこの酒を好むって、たぶん有名なんだな？　だいぶこっちの世界の「知ってて当然」みたいなことは拾えたと思ってたけど、まだまだだった。しかも身近な人で。

ハウロンの好みは赤ワインだと思ってたんだけど、知らない酒だ。食べ歩きに力を入れよう、まだまだ知らない料理がある。

アラクはナツメ椰子《やし》や葡萄《ぶどう》などの糖度の高い果実を醗酵《はっこう》、蒸留《じょうりゅう》した酒。米の醸造酒や、椰子の花穂《かすい》から採取した樹液を醗酵させた椰子の蒸留酒など地域色豊か。

うん。どう作るか考えると知識が出てくる【全料理】。「どこかにある本に書かれている」のか、今アラクを「見た」からかはわからないけど。全く知らなかったはずの知識が出てくるんですよね。

「いただこう」

リンリンがアラクの入ったグラスに水を注ぐ。どうやら好みで割って飲むもののようだ。蒸留酒じゃ度数高いもんね。

真似《まね》して水を入れたら、透明だったものが白く濁《にご》った。ちょっと面白い。

「ファラミアもこっちに呼べばいいのに。この2人は気にしないぞ」

チェンジリングでも暗殺者でも。

ファラミアはチェンジリング、表情も感情の動きも乏《とぼ》しいので、見ただけでチェンジリングと断定する人もいる。なんだろうね、人が表情を消した顔というより、人形の顔なんだよね。小さな筋肉も動かないというかなんというか。

アウロは微笑んだ顔がデフォ、ファラミアは無表情がデフォ。1人で飯《めし》を食ってたり、侍女の仕事してる時には、表情が変わらなくてもそう変じゃないけど。

で、チェンジリングの中でも黒髪黒目は、黒精霊の影響を受けた色彩だと思われててまた特殊。結局ファラミアは黒精霊とのチェンジリングじゃなかったし、俺も黒髪だけどね！

「……」

「……」

黙った2人。

「腹の探り合いを台なしに……」

残念そうに言う執事。

あ、すみません。黙ります。

よそ行きの顔をしたソレイユと、よそ行きの人格をしたハウロン。2人とも、駆け引きめいたことが大好きな模様。ついでに執事も好きそう。

俺は苦手なんでつい人の楽しみを奪いました。申し訳ございません。

「あー。もういいわよ、素《す》で話させてもらうわ」

急に姿勢を崩《くず》して、ため息混じりに言う。

ハウロン出てきた、ハウロン。

少しギョッとするも、すぐに表情を戻すソレイユ。叫んでもいいんですよ？　いやダメか、ここ外だ。

ハウロンから見ればソレイユのテリトリーだけれど、他のライバル商会の目もあるだろうし、島のように自由にはいかないか。

「料理も来たし、黙ってるぞ」

待望の手長海老です。

ナルアディードで出る手長海老君は、川で獲《と》れて小さなおつまみに唐揚げにされるあれではなく、海で獲れるそこそこ大きな海老。殻《から》が柔らかめで、殻ごと半分に切って料理されてることが多い。

ナルアディード周辺の名物で、初めて食べた時はシンプルなニンニクと塩とオリーブオイルのパスタだった。あの手長海老は甘味が強くって、ぷりっとして美味《おい》しかった。

で、今回。

「本日はナルアディード名物の手長海老を、手に入れることが難しい大変希少な、ルビーのような果実のソースでパスタにしました」

料理人が自慢げに運んできたのは、明らかにトマトソース。思わず真顔《まがお》になる俺。

「調理前の美しい姿もご覧ください。青の精霊島発祥の『赤い宝石』、見た目も味も極上のものです」

真っ白な皿の布の上に、とても尊い感じでトマトが載《の》っている。

「上流階級で密《ひそ》かに流行《はや》り出しておりますが、傷《いた》みやすいゆえにフレッシュなものはこのあたりでも滅多に口にできません。本日はソレイユ様のご好意でご用意いただいたものを調理いたしました。ごゆっくりご賞味ください」

そう言って一通りトマトをみんなに見せたあと、にこやかに去ってゆく店員。もしかしたら料理長？　コック服とかないんでわからないけど。

「外してごめんなさい……、珍しく、ないのね……」

ソレイユがツイっと視線を逸《そ》らす。

「いえ、珍しいのよ。とても珍しいと思うの」

「ええ。私どもにとっては、手長海老の方が珍しいだけでございます」

ハウロンがフォローして、執事がトドメを刺した。

「美味しければいいと思います」

あと俺的にはトマトは野菜です。

ハウロンにもソレイユにもトマトは野菜だって説明してたんだけど、どこかで伝言ゲームにミス発生、この世界では果物《くだもの》になりそうです。

でも野菜と果物の差がはっきり答えられないんで黙ってます。そもそも実が「ちゃんと実です」ってのと、「え？　実《じつ》は花托《かたく》ですが？」みたいなのあるし。

もうトマトみたいな色鮮やかなのとか、甘いやつは果物でいいです。だからせめて茄子《なす》とキユウリは野菜でお願いします。でも白茄子とかズッキーニの黄色いのもあるしな……。困る。

そして、前は海老が主役だったのに、トマトが前面に出まくってるんですけど！　もうちょっと、もうちょっとバランスを考えて！


「あとで、手長海老の大きなものを用意するわ……」

ソレイユが俺を見て言う。

「お願いします」

トマトをよく炒《いた》めて甘味を出したあと、半分に切って塩を振った海老の断面を下にして入れれば、ミソと塩味がトマトソースに染み出して――パスタはちょっと楕円《だえん》に潰《つぶ》れたリングイネくらいで。

なんて考えてたら、ハウロンが口を開いた。

「青の精霊島の『赤い宝石』ってこのトマトだったのね。果物と伝わっていたし、また別のトマトなのかと思っていたわ」

四角く切られたトマトにフォークの先で触れるハウロン。

この世界、『トマト』自体はあるんだよね。毒なので観賞用に栽培されてるんだけど。

「しかしこれで、ソレイユ商会長がジーン様と大変親しいことは理解いたしました。このトマトを出したことは、決して失敗というわけではございますまい」

パスタを口に運ぶ執事。

「ジーンにも女っ気があったのねぇ」

ハウロンが片眉《かたまゆ》を上げてこっちを見る。

からかう気が少し、意外な気持ちが大部分って感じか？

カヌムでは男性率が高いだけで、ちゃんと女性の知り合いもいる、いるんですよ！　ソレイユとかファラミアとかマールゥとか。ソレイユとは下着姿を見たくらいの仲です。

「なるほど、時々漏《も》れるジーンという名前は、そちらで名乗っているのね？」

ソレイユが納得して、こちらを見る。

「そちらで……。こっちではなんと名乗ってるの？」

ハウロンが聞きとがめて、こちらを見る。

「ソレイユ。ソレイユ＝ニイとかニイ＝チャンとか」

いや、ニイ＝チャンは使ってはいないか？

「……青の精霊島の領主と同じ名前ですな」

ソレイユの方を見つめて言う執事。

ソレイユが青の精霊島の領主だという話は大々的に伝わっている。そうは言っても、カヌムの一般人には伝わってないと思うけど。執事は一般人じゃないから。

「ニイ様が領主よ。――といっても、いつの間にか私が領主ということになるのでしょうね」

その辺はもう諦めているらしいソレイユ。

「領主……。カーン殿のような方だと思っておりましたが……」

「直接好き放題してるのね……？」

「気のせいです」

執事とハウロンが何か言いたげだが、聞かないぞ！

「ああ……。おふたりとも、とても親しいのですね？」

そんな2人を見て、声を震《ふる》わすソレイユ。

ちょっとソレイユ、なんか少し感動してない？　なんで？　気のせい？

「アウロとキールを紹介してくれたのが、そこのノートだぞ」

2人も呼べばよかったかな？

「アウロとキールを――。あの2人は私の友人でもあります、どういうご関係か尋《たず》ねても？」

執事に向かってストレートに聞くソレイユ。

どう考えても暗殺仲間なんだが、大丈夫かその質問？

「単なる仕事上の知り合いにございます。情報を集めて、下工《したこう》さ……準備を任せるには適任かとご紹介させていただいたのですが。そうですか、未だ雇用関係が続いてらっしゃる……」

執事、単語のチョイスが不穏になりかけたぞ。紹介してくれた執事が、なんでそんな驚くのか。

でもまあ、チェンジリングは色々興味が薄いから、長続きすることは稀《まれ》なのかな？　菓子《かし》の争奪と、島の防御を固めることについてはものすごく生き生きしてるけど。

「こちら、トマトを特別なオイルで。樹齢50年を超えるオリーブの木から、満月の日に摘《つ》んだ実から作ったオイルです」

次に出されたのはカプレーゼ。トマトとバジルと白っぽいチーズ、そして店員さんが言うように薄緑色のオリーブオイル。

満月の日に摘むの、特別なんだ？　確かに普段より精霊が多そうだけど。それに、満月の日と新月の日は、珍しい精霊が姿を現すことがある。

そしてこれ、俺がトマトを広めるために、料理の例でいくつか出したやつがアレンジされて出されてるな？

トマトが普通に出回れば、珍しさ優先ではなく、味優先の料理が増えてくれそう。——俺の野望に一歩近づいた！

「ここは風景がいいわね。でも大事な話をするには人目が、ね」

海ではなく、ガラス越しの店内を物憂《ものう》げに眺《なが》めるハウロン。

「ここは普通の声音《こわね》で話す分には中の者に聞こえませんし、精霊に言葉を届けない仕掛けがあるので、商談をするには便利な場所なのだけれど」

ソレイユも少し戸惑ったような困ったような反応。

「叫ぶのにも突っ伏すのにも、向かぬ場所でございますな」

執事が言う。

「叫びたいのか？」

海に向かってばかやろー！　って叫ぶやつ？

聞いたら3人揃《そろ》って頷《うなず》いた。

どうしよう、俺が海老料理に不満をぶつけてる間に、なんかいきなり青春っぽいぞ？　若さゆえの苛立《いらだ》ちとかそんな？　3人中2人老人だけど。

「ハウロンなら大声出しても聞こえないようにできない？」

俺がやってもいいけど、しない理由が何かある？

「できるわよ。でもそれをすると、痕跡《こんせき》が残る。ここ、隠しているみたいだけれど、商業ギルド直営よ？　妙な勘《かん》ぐりをされたくないわ」

ハウロンが肩をすくめる。

「ナルアディードでは商業と海運のギルドが力を持ちますからな」

執事。

ああ、商業ギルドの仕掛けに手を入れたら、少なくとも調べられるだろうな。執事は置いといて、ナルアディードで今現在商売しているソレイユと、これから国として関わることになるだろうハウロン。

なるほど、手を出さない方が無難《ぶなん》なんだ。でも直営を隠して、商業ギルドは何やってるんだろ。商売敵《がたき》に聞き耳を立てられない場所の提供？　それとも自分の情報収集のため？　前者と後者でだいぶ印象は変わるけど。両方かな？

「叫べる海はいっぱいあるしな」

誰もいない海岸で叫ぶのがいいと思う、うん。

「ええ、本当に。叫びたいことは尽きそうにないわ」

「叫びたいわけじゃないのよ……」

短い間にすごくわかり合った雰囲気のソレイユとハウロン。２人に理解のある顔で頷く執事。

なんだろう？　姉妹かな？

デザートのお菓子が運ばれてきたので、詮索《せんさく》は中断。俺の顔より大きな円の形をしたクッキー。いや、これナルアディードでよく見かけるやつの大きいのだな？　材料は卵、小麦粉、砂糖――ビスケットなんだけど、見た目はなんかクッキーっぽいんだよね。

「こちらソレイユ様にご提供いただきました、メール小麦で焼いたブッソイラでございます。

ブッソイラを分け合った相手とは、商売が上手くいくと言われておりますので、ぜひ皆様でご賞味ください」

店員さんの説明。

「デザートをいただいたら、船に移動しましょう。昨日着いた、キャプテン・ゴートの船が停泊しているわ。メール小麦の実物をご覧になってください」

メール小麦で商売スイッチが入ったのか、ソレイユが艶《あで》やかに微笑んだ。

「きっとこの取引は上手くいくわ。それに、取引以外でも付き合いをお願いしたいわ――なぜか他人とは思えないもの」

他の男が言ったらキールがショックを受けそうだけど、ハウロンが言うとやっぱり姉妹なのかって思うよね。

「大きいと、小さいのとは食べた感じが違う」

このブッソイラは外側がかりかりほろほろ、大きいせいか中はまだしっとりずっしり。その辺で買える小さいやつと違う。

「昔は昼と夜が同じ長さになる春の日に、家族やみんなで分け合って食べてたからこの大きさなのよ。いつの間にか手軽な小さいやつの方に取って代わられたけれど、この大きさのものも商売の習慣として残ってるのね」

物知りハウロン。

「俺こっちの方が好きだな。切るの難しいけど」

ナイフを入れると、最初サクッとするんだけど、突然ぼろっと崩れる。でもこのほろほろ加減もまたいい。

デザートを食べたあと、港に移動。ファラミアにも声をかける。

「よろしいのでしょうか？」

声をかけた俺ではなく、ソレイユに確認するファラミア。

俺に対する沈黙のなんちゃらの項目は契約に入れてるけど、ソレイユの専属で契約してるからね。

「ええ。おそらく隠す必要はない相手……よね？」

そしてソレイユも俺ではなく、ハウロンを見て口角を上げてみせる。

「ノート、なんかソレイユとハウロンわかり合ってない？　気のせい？」

「気のせいではございません」

ノートがいつもの表情でさらっと答える。気のせいではなかった様子。

気のせいじゃないのはわかったけど、なんで？　答えてはくれたけど、微笑むノートからの説明は期待できそうにない。

相変わらずナルアディードは建物がひしめいて、窮屈《きゅうくつ》な感じ。でもどの場所も、多い少ないはあるけど人の流れが絶えず、活気がある。

脇目も振らず歩いている商売、商売！　って感じの人も、そぞろ歩きながらあちこち覗《のぞ》いている観光客もいる。このナルアディードは野心に満ちた人たちか、ある程度富を得た人たちでいっぱい。

土地と建物が限られていて、空いた場所に入りたい人がたくさんいるから、失敗するとさっさと追い出される。船が沈んで一夜にして没落、なんてことも多い。ナルアディードから出ていかずに船人足になることもあるけど。

「あれ？　いつもより混んでない？　なんか荷船が着いたとこ？」

港に人がいっぱい。そして多くが同じ船を見上げている。

珍しいものが届いた時とかは、ひと目見ようと野次馬が集まることがある。荷を運ぶために行き交う船のそばには、さすがに近寄らないけど。邪魔をすると遠慮なく、手押し車とかで跳ね飛ばしてくるからね。

「キャプテン・ゴートをひと目見ようと来ているのよ」

「え」

ソレイユの答えに思わず声を上げる。

そういえばソレイユがそんなことを言っていたような？　日本にいた時も猫駅長とかで、周囲になんにもない駅が観光地と化してたし、こっちも人間のその辺の行動は一緒なんだな。

「これはまた目立ちますな。私は少し噂を撒いてから、上で合流させていただきます」

そう言っていきなり気配を消す執事。

急に消えた気配にびっくりして、周囲を見回すけどすでに執事の姿はない。

「どこに……？」

いつも無表情なファラミアの眉間《みけん》に微《かす》かな皺《しわ》ができている。そういえばファラミアも同業者でしたね？

ファラミアは少しの間、頭を動かさず目だけで周囲を確認していたが、諦めたように小さなため息を一つ。

「ソレイユ様、私も船上で」

ソレイユに一礼して、ファラミアも雑踏に姿を消す。

「アタシたちは正面からね。落ち着くまでは、はっきりした国の情報を出すつもりはないけれど。——少しナルアディードで商人たちの噂になった方がやりやすいでしょう？」

「ええ、買い付けも販売も知名度と信用が大事。大賢者ハウロン様との取引、そしてキャプテン・ゴートの船に招かれるなんて、それだけで箔《はく》がつくわ」

そう言ってにこりと笑い合い、雑踏から出るソレイユとハウロン。

ああ、執事がさっき言ってた噂って、大賢者のことと、大賢者が所属する新しい国のこと？　確かに信用度というか知名度で言うと、ずっと砂漠にいたカーンよりハウロンの方が高いよね。

それは置いといて、衆人環視《しゅうじかんし》の中で、スカートとローブで縄梯子《なわばしご》を登るつもりな２人。ハウロンは割と器用に登るけど、ソレイユは大丈夫なの？　ハイヒールだし、器用に登ってもスカートはまずくない？　見えない？　俺が最後に登って下からの視線を遮《さえぎ》るべき？　でもそうすると俺に見えない？

「おおお⁉」

「何だ⁉　浮いたぞ⁉」

迷いつつ、ついていったら、ハウロンが一反木綿《いったんもめん》で上まで運んでくれました。ものすごく周囲がざわついている。

「なんだあれは⁉」

「いったいどういうこと？」

「大賢者だってよ」

「ええ！　伝説の？」

「なんでナルアディードに？」

「じゃあ、あれは精霊がやってるのか！」

「とうとうどこかの王に仕《つか》えるらしいぞ？」

「青の精霊島のソレイユ、キャプテン・ゴート、大賢者！　すげー顔ぶれ」

「なんの商談だ？」

「また新しい海路とか？」

「いや、国を建てるとよ」

驚き不思議がってる声の中に、大賢者とか、精霊を使役《しえき》するとか、王国とかの単語がだんだん増えてきた。どう考えても出どころは執事です、本当にありがとうございます。

あの群衆の中で、一言か二言くらい隣の知らない奴に聞かせては移動するを何度かやった感じ？

大勢いるからハウロンの姿を知っている人がいるかもしれないけど、王国のことを知ってるとは思えないし。

なお、俺のことはスルーされてます。認識阻害万歳《ばんざい》！

甲板《かんぱん》に着地すると、ファラミアといつも猫船長についてる大男がいた。その大男が無言で船室への扉を開ける。

全員が中に入り、ぴたりと閉じられる扉。

「はあああああああ！　アンタは！　レッツェの目の届かないところで、何をやってるの、何を！」

「ちょっと、聞いてない、聞いてないわよ！　大賢者相手！！！！」

「あの初老の方は一体何者ですか？」

閉まった途端《とたん》に俺の胸ぐらと肩を掴《つか》んで、ガクガクしてきそうな勢いのハウロンとソレイユ。

そして２人から一歩下がったところで無表情に聞いてくるファラミア。扉を閉めた格好で固まっている船員。

狭い通路がカオス！

「とりあえず通路で話し込むのはどうかと」

船員さんが困ってる。

船の上はスペースが限られ、廊下もかなり狭い。そして薄暗い――んだけど、今日は前回より明るめ。ちゃんと待ち合わせしてるからね、船内にカンテラがいい感じで点《つ》いてる。猫船長のサービス。

「常識人、常識人ムーブ……っ！」

「アナタが言う、アナタが言うの……!?」

「……」

「キャプテン・ゴートがお待ちでございます」

突然混ざった執事にギョッとする４人。

俺と、ソレイユと船員さん、ファラミア。ファラミアはびっくり半分警戒《けいかい》半分？　ハウロンはなんか慣れてるのか、あまり驚いてない。

どこから混ざったの？　廊下狭いし、入ってきたドアを開けたら陽の光でわかりそうなもんだけど。

ファラミアが無茶苦茶警戒したのか、ソレイユと執事の間にそっと身を滑《すべ》らせる。大丈夫、大丈夫、その執事は同業なだけです。無差別に襲ったりはしないと思うんです。たぶん。

時間に関してはおおらかなところが多いんだけど、ナルアディード周辺は割と正確。狭くて刻《とき》を知らせる鐘《かね》がよく聞こえるからというのもあるけど、商人同士で競争してる島だからね。

言いたいことがたくさんありそうだけど、とりあえず大人しく移動し始めた面々。

「よく来たな」

机にいた猫船長が出迎えてくれる。

何度目かの船長室、海図があるとこです。１回目は具合の悪い女性と対面させるために奥の部屋に連れてかれて、次もなんとなく奥の部屋だったけど、普通客はここ止まりだよね。

だがしかし、猫船長が机から音もなく飛び降りて、ついてこいとばかりに奥の部屋へ。なんで？

ハウロンを見る、特になんの反応もない。執事を見る、特になんの反応もない。俺の疑問に答えてくれる人がいない！

「ここが海神セイカイの現れた部屋だ」

ベッドサイドの引き出しみたいなのに乗って、説明する猫船長。観光地？　セイカイ出現ポイントは観光地ですか？

船員さんが、隣の部屋から人数分の小さなグラスと酒を持ってきて、みんなに配る。

「商売の成功を」

「商売の成功を」

「商売の成功を」

「商売の成功を？」

グラスを軽く持ち上げてなんか言う猫船長とソレイユとハウロン、ついでに俺。そして一気に酒を呷《あお》り――残した一口を床に落とす。

えー？　えー？

一応2、3滴落としたけど、こういうことは言っておいてもらわないと困ります！　そしてこの床どうするの？　このまま？

　これはあれ？　契約の時に出た精霊を特別視して、精霊が出たその場所でなるべく集まるとかそんな習慣があるの？　俺が知ってる前提でことが運ぶの困ります。

　ちなみに猫船長の分は、舐《な》めたあとに船員さんがこぼしました。

「改めて自己紹介させてもらうわ。私はソレイユ、今回中継《なかつ》ぎさせてもらう、ナルアディードの商会長よ——青の精霊島で領主代理を務めているわ」

「アタシはエスのさらに南、火のシャヒラ王国で宰相《さいしょう》を務めているハウロン。大賢者と名乗った方が通りはいいわね」

「俺はキャプテン・ゴート、あんたらに比べればしがねぇ船乗りだ。それにしても大賢者に青の精霊島の代官か、それに精霊王」

　猫船長がちらっと俺を見る。

「俺はとりあえずソレイユ＝ニイ？」

「ちょっと、そこで疑問系なのはどうなのよ？」

　ハウロンに困ったような顔で言われたが、ジーンとどっちを使ったらいいのか。

「精霊王というのは……？」

　引きつった顔をしているソレイユ。

「ちょっと俺の呼び名に混入してきただけだから気にしないで」

ここはひとつ穏便《おんびん》に。

「気にするわよ！　というか、驚かされるのはもう諦めたから、バラすならせめて事前に周囲に人がいない時にしてちょうだい！　なんでいきなり契約後の顔合わせで大賢者とか精霊王とか聞かされるのよ!!」

ソレイユがぷりぷりと怒る。

こう、ソレイユって目の前に『品物』がなければ、倒れたりしないいんだよね。

「本当に。『大事』が人とずれてるのよ！　伝える物事の一般的な優先順位ってものを考えなさいよ」

ハウロンの叫びには指導が混じる。

「数度しか会っていない俺ですら、驚かされる。……大変だな、あんたたち」

猫船長が騒ぐ2人に同情の眼差《まなざ》しを送る。

「ジーン様は、いきなり結果だけを目の前に持ってまいりますからな」

ボソリと言う執事。

「人より遥《はる》かに長い年月を過ごしてるけど、アタシの精霊を使われたり、王の枝で穴をつついたり、ダンゴムシを握《にぎ》らされたり！」

「王の枝？　ダンゴムシ？」

猫船長が怪訝《けげん》そうな顔をする。猫なのに縦皺が！

「ダンゴムシは子供っぽいいたずらね？」

少し不思議そうなソレイユ。

ソレイユ、いたずらでダンゴムシを握らせるほど俺は子供じゃないです。

「まあいい。商談に来たのだろう？」

猫船長が香箱《こうばこ》を組む。

手を体の下に折りたたんで伏せるのって、猫らしくていいよね。大福はあんまりしないんだけど、大福は大福で丸まった姿が餅《もち》みたいだし、レッツェやアッシュの膝《ひざ》から垂れてる姿もやっぱり柔らかな餅みたいで可愛い。

猫船長は丸まらないのかな？　虎柄《とらがら》だし、アンモナイトみたいで可愛いと思うけど。

「切り替え早いわね……」

ハウロンが驚いている、その脇でソレイユも。

「海の男は細かいことにゃ、こだわらねぇ。多少不思議があったとしても、目の前のことに対処しねぇと乗り切れねぇからな。あるがままに受け入れる――俺もこんなナリしてるし、色々聞かれるのが面倒なのはわかるからな」

猫船長、受け流しスキル高そう！　あと気を使ってくれたっぽいけど、同時に俺も猫船長に聞きたいことが聞けなくなった……っ！

「座れ」

いつの間にか船員さんが椅子を用意してくれていた。その椅子を目で指して猫船長が言う。

「狭い」

座ったらこう、お互いの膝がつきそうです。ハウロンでかいし、立ってるけど船員さんでかいし。

「船なんだから諦めろ」

「スペースは限られるよね……」

船長室だから個室だけど、一般の船員さんは並んでハンモックだし。

いやでも、ハンモックの方が便利？　船は揺れる……というか、帆船《はんせん》って、風を受けて走るから、片側にかしいでいることの方が多い。ベッドだと動かない？　あ、床に固定？　寝てる間に斜めって転がらない？

聞きたいことが増えた！

「俺の契約は、ソレイユにメール小麦を売るところまでだが、どの船に積み替えるんだ？　一《いっ》旦《たん》、倉庫か？」

「ええ。商業ギルドの倉庫に半分、暁号《あかつき》と指定の船4隻《せき》に残りをお願いするわ。一部は小舟で運び出して、島に」

「暁号……海運ギルドも噛《か》むのか」

猫船長の反応からすると暁号って海運ギルドの船なのか。

商業ギルド長と海運ギルド長が、張り合ってる話はちょこちょこ聞くな。主にソレイユからだけど、ナルアディードでもちょっと。

「あの2人は目下、青の精霊島にどちらが長く滞在できるかを競い合ってるわ……」

ちょっと遠い目になるソレイユ。

「大型船でエスまで運んで、その1隻分は火の国シャヒラに。指定の川船屋はあるのかしら？」

ソレイユがハウロンに視線を向ける。

色々細々《こまごま》した段取りを決める。猫船長はあんまり堅実な商売を続けるってのは好きじゃないみたいだけど、そこはそれ船を1隻失ってしまったから、しばらくは真面目《まじめ》にやるらしい。

そしてその『しばらく』の相手が、ソレイユとハウロン。カーンの国もちょうど、家具やら何やら生活のための道具が一度に必要になってるしね。でかい船で運ぶほどじゃないけど、持ち船の1隻は回してくれるみたい。

「今のところこれくらいかしらね？」

「ああ、何か出てきたら別途協議だな」

「ええ。よろしくお願いするわ」

そばに寄せていた酒を飲んで一息つく3人。

「そういえば、アンタのところには精霊の枝が3本あるって聞いたが？」

「ええ。1本は枝と呼んでいいか迷うけれど」

「ナルアディードの麦が枝なら枝だろ」

「そうね……」

そうですね。

「それより3本も掲げて、異なる理想でもやってけるのか？」

「幸い、ね」

にっこり微笑んで答えるソレイユ。

3本の枝に魔物避《よ》けの効果がないこととかは外には内緒。ナルアディードの麦の枝様の効果と、風の精霊と竜の契約のおかげで、なくても魔物は寄ってこないし、精霊がたくさんいるので、島内はなんとなく明るく、住人も健康的。黒い細かいのも団子《だんご》になったりしない。

「3本……」

ハウロンは俺を見るのをやめてください。

「もしかして、２本は白と黒の宿木《やどりぎ》かしら？」

「宿木は話にしか聞いたことがないのだけれど、白と黒のベニサンゴをもっと繊細《せんさい》にしたような枝よ」

向き直って聞くハウロンに、ソレイユが答える。

「……」

「もしかして、あの枝を伸ばした『王の枝』は……？」

無言になるハウロンに、恐る恐る聞くソレイユ。

「そう。あの綺麗《きれい》な枝はカーンの枝」

代わりに俺が答える。

「カーンって、火の国シャヒラの王様よね？　もしかしてうちの本国ってことになるの!?」

ソレイユが目を剥《む》く。

「本国？　そういうことになるのか？」

「あの枝をシャヒラの『王の枝』から賜《たまわ》ったなら、そういうことになるわ。いえ、でもあくまで島の中心はあのハニ……『天を指す枝』よ。こういう場合どうなるのかしら？」

さては埴輪《はにわ》って言いかけたな？

「『天を指す枝』だなんて、力強くて神々《こうごう》しいわね――って、エクス棒」

何かに気づいたらしいハウロンが頭を抱える。

猫船長が置いてきぼりになって尻尾《しっぽ》の先をぴこぴこしてる。

たぶんハウロンが気づいたのは、『天を指す枝』という言葉に隠された欺瞞《ぎまん》。ものは言いようだよね。

それはそうと執事の気配がない！　そっと部屋の隅《すみ》に立って、角を向いている。船長室は窓があるのに、心なしか薄暗い。

表情は変わらないが、それをガン見しているファラミア。珍しい。

「ノートは本当に王の枝の話題に弱いな？」

「枝の話題は私のいないところでお願いいたします。食事、お嬢様、商売、暗殺、平和な話題を望みます」

平和じゃないのが混じらなかった⁉

こちらを見ないまま答える執事から目を逸らし、放っておくことにする俺。

「――ハウロン様にメール小麦の現物を見せていただけるかしら」

同じく見ないことにしたらしいソレイユが唇に蠱惑《こわく》的な微笑みを浮かべる。

「ああ」

猫船長がパタンと天板に尻尾を打ちつけ、立ち上がると、厳《いか》つい船員さんがそばに寄る。

助走もつけずにその肩に飛び乗る猫船長。猫が肩……そこはオウムじゃないの？　秘密の会話をオウムがスパイするのが王道な気がする。猫船長自身が猫だから仕方ないか。

「そうね。エスで小麦と交換することになるけれど、アタシも見ておかないと」

ハウロンが立ち上がる。

カーンの国分の小麦は、エスが溜め込んでた普通の小麦と交換する手はず。交渉はナルアディードで、すでにソレイユと猫船長が相手と済ませている。ナルアディードを通した方が、品物は高く売れるのだ。

今回はさすがに1カ国との交渉じゃない。メール小麦に対して、この旱魃《かんばつ》の中では普通の小麦が足りないというか、小麦を根こそぎにしてしまいそうで、数カ国に分けて交渉したそうだ。

で、カーンの国には地理的に近いエスを選んだ。メール小麦を猫船長の船で運んだあとは、小麦を川船で運べて積み替えの手間がない。猫船長の帰りの船は、なんか他のものを積んで空船では帰らないんだろうけど。

それは置いといて、なんで暗殺案件には動揺しないんですか？　あとハウロンはメール小麦の現物、メールで見てるよね？　一応、行ってないフリするのか？　大賢者が【転移】できるのみんな知ってそうだけど。

あ、簡単に行けるのがわかったら、緑の石だけ運んでもらいたい、っていう人が出てくるかな？　行きの海峡で、魔石を持ってないってだけで安全度が跳ね上がるだろうしね。

メール的には魔石じゃなくてもいいのに、人の価値観で普通の宝石より魔石の方がいいって思ってるんだろうなこれ。緑だったら魔石どころか、宝石じゃなくてもいいんだけど。

――もしかしてこの情報もアレな感じ？　帰ったらレッツェに相談しよう。

おっと、揺れた。停泊してる場所は、あんまり波はないけど、他の船が入ってくるタイミングとかで少し揺れる。ずっと小さく揺れてはいるけど、それは規則的だから気にならない。

船酔いする人はこの揺れがダメなんだろうけど、俺は平気。ソレイユとファラミアは平気、執事も平気、ハウロンはダメ。そっと一反木綿に補助してもらってるのを知っている俺。

微妙にゆらゆらしている船の中、大きな船員さんの肩に乗った猫船長の先導で、再び船倉へ。

改めて見たら、船員さんには革《かわ》の肩当てがあった。もしかして猫船長が踏ん張って、爪《つめ》を立ててもいいように？　鷹匠《たかじょう》が腕に巻いてるやつみたいな？　嵐とかで揺れたら踏ん張るしかないもんね。

「あ、そういえばここってハンモックないの？」

寝てる時に揺れた時はどうするんですか？

「あるぞ。昼間は邪魔だから吊《つ》ってないだけだ。そこに丸まってるのがそうだ」

くいっと顎《あご》で指す猫船長。

「帆布《はんぷ》？」

船の帆《ほ》の替えとかだと思ってたけど、帆布のハンモックなのか。何枚か一緒にしてるのか、絨毯《じゅうたん》みたいに巻かれて縛られ、立ててある。

「いざというときゃ、盾《たて》にもなる。砲弾はともかく、木片が飛んでくるのは防げる」

猫船長が言う。

なるほど、それで1カ所にまとめとくんじゃなくって、舷側《げんそく》のあちこちに立ってるんだ？

「病人用は小さなベッドを布で半分包んだようなやつを吊るが、この帆布のハンモックは幅があるからな、寝そべれば包まれたようになる。船員にとっては狭いながらも大事なプライベートスペースだ」

バナナオムレットみたいな感じかな？　某コーヒー飴《あめ》の包み紙みたいな感じかな？　ちょっと吊ってあるところ見てみたいよね。

「へえ。船長のベッドは普通でも大丈夫なのか？」

揺れたら転がり落ちない？

「使う時にゃ、我が友がほんのちょっとだが浮かせてくれるのさ」

猫船長がニヤリと――たぶん――笑う。

空飛ぶベッドだった。

「船倉に風が通るのはいいわね。他の船はどうしても臭《にお》いと湿気《しっけ》がこもるわ」

機嫌よくソレイユが言う。

ソレイユは商品の状態を左右する保管場所にはうるさい。俺の塔《とう》の空気穴にある虫除けの蜘《く》蛛《も》の巣は、石壁の外側寄りに設置してたら、直射日光が当たるって気絶しそうになりながら叫ばれた。

なお、内側寄りに変えたら、石壁が分厚いから無事に日陰になって、セーフ……ではないっぽいけど、とりあえず倒れなくなりました。

船の見学楽しい。猫船長の船はちょっと山羊臭《やぎくさ》いけど、カビ臭くはないし、ネズミも見当たらないからね。他の船だったらこんなにゆっくり見ようと思わない気がする。


そんなこんなで、メール小麦の現物を見て、解散の時間。

「島、見に来る？」

まだ見せたくないけど、一応誘ってみる。

「「発作を起こしそう」」

「だから、レッツェ――全員揃ってから見たいわ」

「ですので、もう少しエクス棒様の存在に慣れてからお願いしとうございます」

ハウロンと執事から同時に返事。頭についてる言葉が一緒でした。ハウロンはレッツェを頼りすぎだと思います。

大賢者、みんなが助言を求めて会いに行く存在じゃないの？　頑張って大賢者。

「純粋にすごい！　住みたい！　で済まない人には、色々厄介《やっかい》な島よね……」

ソレイユがいい笑顔で固まったあと、ボソリと呟《つぶや》く。

「そんなにすげぇのか……」

猫船長は興味を持った！

「2人はもう少しうろつくんだ？」

「うろつくって言わないでよ」

「ジーン様、もう少し、言葉を選んでいただければと」

ハウロンも執事もナルアディードで最先端の品を見て回るつもりのようだ。ハウロンは国の形を整える時に、田舎者と侮《あなど》られぬように。執事は単純にアッシュの周囲を居心地《いごこち》よく整えるために。

「今の最先端は『青の精霊島』だと聞くがな」

猫船長が口を挟《はさ》む。

なんでそこの見学を断って、わざわざ二番目を回るのだと、目が聞いている。

「最先端すぎるのよ。一応、普通を見ておかないと、感覚が狂うわ」

島を見たこともないくせにハウロン。

「うちを見て、真似ようとしても真似られないでしょうね。一体どれほどの財と、才能を必要とするのか……。私に与えられている執務室《へや》だけでもめまいがするようよ」

知っている代表ソレイユ。

「……カヌムでも私どもの家が最先端ですからな」

お家大好き執事。

カヌムの家は貸家も含めてちまちま改造している。ただ、人目があるのであまり目立つことはしていない。地味にね、地味に。

レッツェに気づかれない改造ならどこに出しても平気な気がするけど、今のところ気づかれなかったためしがない。大雑把《おおざっぱ》なディーンがセーフだったことは何度かある。

「船長、島の見学する？」

「島には興味があるが、それよりも火の国に行ってみたいな」

ハウロンの方を見る猫船長。

「能力がある人は大歓迎よ？　ただ海からは遠いから、残念ながら見学だけかしらね？」

ハウロンが言う。

海が近い国だったら猫船長もスカウトしたかったのか。

「正しくは『王の枝』を見てみたい。新しい国の王都なら、枝のお披露目《ひろめ》はするんだろ？　もう済んじまったか？」

座り直す猫船長。

少しそわそわしてる？

「お披露目するのか？」

カーンの？

「『王の枝』を持って建国した国は、しばらくは王が王の枝を持ち、その姿を見せるのよ。大《たい》抵《てい》国を開いた日、1年にいっぺん。――王の枝を新しく手に入れた国は久しくないし、慣例と言えるほどではないわ」

ハウロンが微妙な表情。

王が王の枝を持つって、カーンがカーンを持つのか？　それともシャヒラ出すの？　前者は難しそうだし、後者はカーンが枝と一体化してるのがバレる。どうするんだろ。

ああ、だからハウロンが微妙な顔なのか。

「シャヒラには精霊の姿で出てもらえばいいんじゃ？」

少女趣味疑惑がカーンにつくかもしれないけど、そこはベイリスも一緒に姿を見せてもらえれば――。

「常駐されている精霊様が対抗したらと思うと」

胃のあたりの自分のローブを鷲掴《わしづか》んで言うハウロン。

常駐わんわん。24時間警備？　アサスもいるし、そこにエスが来たら確かにどうしていいかわからないな。観衆の前でも気にせず痴話喧嘩《ちわげんか》しそうだし、やらない方が平和そう。

「王が代わる戴冠《たいかん》式で見せることも慣例ですな」

執事が言う。

「王座を退きそうなのは今いねぇな」

残念そうな猫船長。

「『王の枝』、見たいのか？」

「ああ。昔馴染《なじ》みに見たってヤツがいてな。俺と同じ、船が国っていうようなタイプだったのに、『王の枝』に魅入られた」

「魅入られた？」

「故郷でもねぇのに、望郷の念ってのか？　その国に、その枝の元に戻りたくってしょうがなくなって、結局その国の専属になっちまった」

尻尾の先を忙《せわ》しげに動かす猫船長。

「それって逆に見るのを避けたくない？」

「……ヤツの様子を見て、初めて怖いと思った。怖いと思った自覚を持ったから、なおさら見てみたいのさ」

人間だったら肩をすくめていそうな調子の猫船長。

あれだ、猫船長は自分が恐怖したことが許せないタイプ？

「それは、『王の枝』にではなく、安定を求めたか、国の方針や王の人柄に心酔したのではないかしら？」

ソレイユが首を傾《かし》げる。

「確かに『王の枝』があれば、当面国はよい方向に向くことが約束されているし、人が集まるのは当然でしょうけれど。『王の枝』を目にしただけで、魅入られたようになるのならば、『王の枝』のある国にもっと人が移っていいはずね。騒ぎになっていないのは変よ？　アタシも王の人柄に1票」

続いてカーン至上なハウロン。

「いや、ほら。『王の枝』じゃないけど、麦の枝様にフォーリンラブな実例もいるし」

ナルアディードの愛が重い人を思い浮かべる。

おかげでお爺ちゃんに出会えたけど、なかなか強烈だった。うちの枝にはそんな人出てないよね？

「アスモミイ様ね……？」

そっと視線を逸らすソレイユ。

そういえば、姪《めい》だというアリーナ？　だっけ？　あの子はどうしただろう？　ものすごく眠そうな精霊に、なんか中途半端に話を切られたような？　忘れてたけど。

「きっとその人の性癖《せいへき》なだけで、見ても大丈夫な人が大半だと思うぞ？」

そう言って、背中からエクス棒を取り出す。

執事が一瞬固まって、それをファラミアが見てほんの少し首を傾げる。執事はエクス棒に、ファラミアは執事に警戒しすぎではないでしょうか。

「何だ？」

差し出したエクス棒を見て猫船長が聞いてくる。

「『王の枝』」

「おう！　俺はエクス棒、よろしくな！」

ぽこんと萼《がく》が開いてエクス棒の精霊部分（？）が姿を現す。

「お、おう？」

猫船長が目をまん丸にしてびっくりしている。背中の毛が少し逆立ってもわもわ。

「……ゴート、キャプテン・ゴートと呼ばれている」

どこか機械的に名乗る猫船長。

「猫！　精霊にすげー執着されてんな！」

わははと笑うエクス棒。

「執着されてるんだ？」

猫船長を見る。

猫の姿はそれが理由かな？　風の精霊は普通に仲良いっぽい雰囲気だったたし、たぶん別の精霊のことだよね？

「……」

猫船長が香箱を組む、ややイカ耳。

「本物か……」

そしてすごく納得いかない顔で声を漏らす。

「ええ……。そう、なぜか持ち歩かれているけれど、本物なのよ」

なぜかハウロンも顔を逸らす。

「エクス棒様は、エクス棒様よ？」

いい笑顔のソレイユ。

「王の枝を前にすると、王の枝ではないと否定できない不思議な圧がある、という話は聞いていたが。なるほど、これか」

猫船長。

「口に出して否定することは可能よ。だけど心の中でこれは絶対王の枝だ、と肯定してしまうというか、納得してしまうのよね」

どこか諦めたようなハウロン。

腹を空かせてるっぽいエクス棒にホットドッグを食わせる俺。

「ですがエクス棒様は、エクス棒様よ」

いい笑顔のソレイユ。

エクス棒以外の呼び方――王の枝を拒否している気配。

「なかなかいい折り合いのつけ方しているわね」

ソレイユに感心した風なハウロン。

「王の枝って食うんだな。精霊と同じく、朝露《あさつゆ》とかで過ごすもんだと思ってたぜ」

エクス棒を呆然《ぼうぜん》と眺める猫船長。

「美味《うま》いぞ！　ジーンの作る飯は材料からして、ちゃんと俺たちが食えるように祝福されてっからな！」

さっさと食べ終えたエクス棒が言う。

エクス棒に出したのは、オニオンとレリッシュ——ピクルスなんかを刻んだ薬味——を載せただけの簡単なホットドッグ。表面はパリッと中はしっとりふんわりなパン、そのパンからはみ出し気味のソーセージはプチンと弾《はじ》けて肉汁が出る。

具材がシンプルとはいえ、それなりの大きさだったのだが、相変わらずエクス棒は一口が謎の大きさ。

「祝福って？」

俺がもらってる神々の祝福のことじゃないよね？

「それをジーンが聞くの？」

ハウロンがちょっと上体を引いて呆《あき》れた声。

「精霊が好むのは自分の属性に近いもの。光、夜の帷《とばり》、吹き渡る風、大地。これらは世界に広くあるから、影響を受けている精霊は多いの。次に水、朝露、夜露、清流——。火のゆらめき、熱、色。花の香り、木々のざわめき」

「それは食い物……？」

思わず口を挟む俺。

「精霊が好むのは大抵影響を受けるもの、自分の存在を強化してくれるものよ。さっき挙げた事象の中では、多くの精霊が力を得て元気になるわ」

いや、精霊は好んで食べているというか、寄っていって力を得てるのは知ってるけど。

「広い範囲で起こることなんで普通は分散しているけれど、それをある程度凝縮《ぎょうしゅく》させた場所が『精霊の枝』よね？　たぶんジーンの畑の場所は、『精霊の枝』に似た環境で、精霊が集まって細かな力を振りまいているのだと思うわ。精霊の細かな力は、どの精霊でも取り入れられて、存在を強化してくれる」

ハウロンの説明が続く。

「味がするというのは、その細かな力を含んで、こっちの世界が精霊に近くなってるんでしょうね。――長くなったけど、祝福された食材というのは、要するに精霊がいる場所の収穫物のことよ」

要するに精霊とかチェンジリングが食べて、味がする食材ってことでファイナルアンサー？

自分の興味があるものだけ味がするっていうのは、自分の興味があるものが力を与えてくれるものだから？　ハラルファは花粉好きだけど。

「青の精霊島の食材も、自慢ではないけれど、ほとんど全部が祝福されているわ。花は年がら年中咲き乱れているし、気持ちのいい水も流れて、島全体が『精霊の枝』なのよ」

ソレイユが誇らしげに言う。

「美味しく食べられるんならいいことだ」

「相変わらず雑にまとめるわね……」

ごめん、丁寧《ていねい》な説明はありがたいんだけど、理解が追いつかないんです。だって細かな疑問を追及してくと、最終的に精霊を完璧に理解しないといけないことっぽいし。精霊、不条理だし。

そもそもこの世界の仕組み、たぶん俺みたいなのの気分で変えられてる疑惑がですね……。

「とりあえず『王の枝』より、飯の方に惹《ひ》かれている自分に安心した。ありがとよ」

猫船長にお礼を言われた！　イカ耳のままだけど！

「持ち運びされようと、ウサギ穴をつつこうと、エクス棒様は『願われた願い』と同じ願いを心に持つ者を惹きつける効果をお持ちです」

執事がエクス棒——の、ちょっと下を見ながら話し始める。

エクス棒は気さくだから直視しても怒ったりしないぞ？

「願った者の思いの強さが、惹きつける強さとも言われているわね」

ハウロンが補足する。

「じゃあ船長の友達は、見た『王の枝』の願いと同じ願いを持ってたんだ？」

しかも聞いてると、惹かれる人の願いの強さの方も影響しそう。

もしかして結構厄介？　同じ願いの住人を集めるにはいい感じだけど。

「エクス棒様の『願い』に人が抗《あらが》うことは難しそうですが、願った方がゆるいため、助かっておるのかと」

執事が沈痛な面持《おもも》ちで言う。

「ああ……」

ハウロンが俺を見る。

「そうなのね……」

次いでソレイユも。

「こいつか」

猫船長。

「……」

無言のファラミア。

なんですか？

「ま、ご主人の願いは広くゆるくだな！」

エクス棒が明るく言う。

「素朴な疑問なんだが、『王の枝』は国になくってもいいのか？」

猫船長がずっとイカ耳。

エクス棒を見据えて、なんかどこか不満そう。『王の枝』に夢見てたのか、もしかして？　神殿の奥とか宝物庫にあることを期待？　猫船長は隠されたものが見たい、チラリズム派の方ですか？

「ご主人は自分自身の王だ。ご主人のそば、ご主人のいる場所、ご主人の家がオレの在《あ》る場所だぜ」

なんか言い方が格好いいけれど、単に国のことも領民のことも考えてなかったというか、そういうことを願う場所だって知らなかったもんで。

そしてあれか、『家』が本国か！　……そういえば、俺の領地ってことでもらったんだった。

目を逸らす俺、口は閉じとくことを覚えました。

「……大丈夫でございますか？」

執事が猫船長に聞く。

「あんたの方が大丈夫じゃねぇ顔してるな。俺は――俺は、他の『王の枝』の話も聞いてるしな」

ふんっと鼻から息を抜いて猫船長。執事はダメな感じ。

「他の枝ってどんな？」

俺は馬の枝くらいしか見たことがない。

馬の枝は半分朽ちて、土の中だったし。『精霊の枝』は偽物《にせもの》からナルアディードの麦の穂様まで何本か見たけど、王の枝らしい王の枝は見るチャンスに恵まれていない。

話を聞いた限り、見られるのは即位の時とか王の枝を手に入れた直後の建国記念日とかみたいだしな。宝物庫に忍び込んだりしない限り、なかなか見る機会はないだろう。

「少なくとも、無口だな」

「無口」

麦の穂様も普段は静かだけど、喋《しゃべ》る時は喋るから王の枝もそれ系じゃないか？　本当に喋らないのか？

「納得いかねぇ顔してやがるな？　あとこんな動かねぇ。枝葉を伸ばしたり、精霊が姿を現して、導くことはあるらしいがな」

「エクス棒も棒の部分は動かないけど？」

「わははは！　オレのアイデンティティだからな！　ウサギ穴だってつつけるし、蟹《かに》だって釣るぜ！」

エクス棒が元気よく言う。

最近キノコもつついたし。

「蟹……」

執事から声が漏れる。

「ウサギ……」

ボソリと呟くソレイユ。

「もうつつくのは諦めたわ……」

悟ったようなハウロン。

「……あんたら」

耳がますます後ろに倒れる猫船長。お耳ナイナイ。

「火の国シャヒラの『王の枝』は？」

ハウロンに目を向ける猫船長。

「さすがにウサギ穴やら蟹獲りやらに興味ねぇだろ？」

「うん。たぶん？」

通りがかりにちょっかいかけてきたツノウサギを倒すくらい？　蟹獲りは誘ったことないから、好きかどうかわからないけど。

「たぶんってなんだよ、たぶんって。——お喋りってんじゃねぇだろ」

「うん。無口だな」

「忙しなく動いたりしねぇだろ？」

「うん。寒いと特に」

「暑いと動くのかよ？　――って、なんでますますダメな感じになってるんだ？」

猫船長が床に埋まりそうな2人に気づく。

執事とハウロンのライフが0です。

ソレイユとファラミアが2人を見て戸惑っている。ちなみに船員さんは話についていけてないのか、ついてくる気が元々ないのか、部屋の隅に控えて静かにしている。

「我が国の王は素晴らしい方よ……。実際に見たら、それは理解してもらえると思うの。国としての体裁《ていさい》がもう少し整ったら、内外に建国の宣言を行うつもりよ。招待するから来てちょうだい」

ハウロンがぎこちない作った笑顔で言う。

「おう？　楽しみにしてる」

少し戸惑いつつもハウロンの誘いを受ける猫船長。

王の枝が王様なことがわかってないと、話がずれてる感じになるよね。ハウロンにも執事にも説明する気がないようで、微妙にずれたまま、猫船長とソレイユをカーンの国に招待することを約束して、解散。

執事とハウロンがナルアディードをうろつくのに付き合い、帰りに商会に寄って、ソレイユが頼んでくれた海老を回収。【転移】でカヌムに帰る。

「小麦の件、改めてお礼を言うわ」

ハウロンに頭を下げられる。

「タイミング的にちょうどよかっただけだ。建国宣言だっけ？　いつ頃になりそう？」

メール小麦なんて、ちょっと前まで知らなかったし。

「食料の問題がクリアできたから、人を集めやすくなったわ。いくつかの集団にはもう声をかけて根回し済みの状態だし――」

少し考える仕草をするハウロン。

「そうね、ティルドナイ王と相談して、目標を決めましょう。アナタが望んだ稲の収穫の日あたりはどうかしら？　レッツェの予定も確保しないと」

どこか楽しそうなハウロン。

すぐかと思ってたけど、実はまだ先な気配。国を作るって大変だな。

「まさか黒の忌《い》み子《ご》まで来るとは思いませんでしたが。カオスな印象しか残っておりませんが、まとまってようございました……」

穏やかな笑みを浮かべながら言う執事。

「普通の顔して控えてたわね？　『青の精霊島』の暗殺集団のことは、事前情報があったし驚かなかったけれど」

肩をすくめるハウロン。

ちょっと、なんでそんな外聞《がいぶん》の悪い！

「一応言っておくけど、ファラミアは黒精霊とは関係ないぞ」

もう裏の世界の呼び名みたいなもんなんだろうけど。

【転移】で着いたのはカヌムの俺の家。ハウロンも執事も喋り足りない感じだったので、扉を大きく開いて光を入れ、コーヒー用の湯を沸《わ》かしているところ。

執事がかりかりとコーヒーミルを回している。ミルとかサイフォンとか形がいいよね、そして執事がやってると絵になる。

「わかってるわ、直接会ったんだもの」

テーブルに頬杖《ほおづえ》をついてるハウロン。

「会えばわかるんだ？」

そんなに簡単にわかるなら、ファラミアの苦労はいったい？

「そばにいても、アタシの精霊たちが普通だもの」

なんでもないことのように言うハウロン。

「なるほど？」

そういえば黒精霊って精霊食うから、そばにいたらなんかアクションがあってもおかしくないよね。

思い返してみても、ファラミアの周りでも島の精霊は普通だった。

「そんなにすぐわかるのに、なんで怖がられてるんだろ」

チェンジリング同士はかえって精霊の気配に疎《うと》いから、ちょっとしょうがないのかな？

「精霊の感情が読み取れるほどの方は少ないかと」

「そりゃ、暗殺者ですもの。怖いでしょ」

……。

そういえばそうでした。黒の忌み子云々《うんぬん》の前に、ファラミアどころかアウロもキールも、少し裏の世界に片足突っ込んだ方々には怖がられるんでした。主に後ろ暗い依頼をする方々とか、依頼される側でも並な方々に。

「紹介した私が言うのもなんですが、まさか双子がひとところに落ち着くとは思いませなんだ。もって2カ月かと」

執事が沸いた湯を少し冷まし、コーヒーを淹《い》れる。

コーヒーは味も好きだが、匂いも好きだ。執事の淹れるコーヒーはレッツェほどではないけど、深煎《ふかい》り。それでアッシュにはミルクというか牛乳を添える。

さて、コーヒーに合うお菓子は何があるかな。浅めで酸味があるコーヒーには、軽めのお菓子。深煎りで苦味が強いコーヒーには重めのお菓子。

「なんでまた物騒《ぶっそう》なのを紹介したの？　妖精の道でも狙《ねら》ったのかしら？」

頬杖をついたままハウロンが執事を見る。

「私と同業で心当たりがあったら、と申しつかりました。交渉ごとと職人の管理、パスツールとも関わりがありそうでございましたし、ジーン様の商売は山のこちら側でだと思っておりましたので、少々予定が狂いました。少し、下心があったのは否定いたしませんが」

香りのいいコーヒーが出される。

あー。執事、アウロとキールが妖精の道——精霊の道を使えることを知ってたんだ？　出入り口までは知らない感じ？　紹介を受けた時期って、まだアッシュが狙われてた頃だし、逃げ道としてはいいよね。

「こっちは小競《こぜ》り合いばかりだものね。カヌムとパスツールの間を行き来するのを想定すると、確かに普通の人じゃ無理ね。ジーン相手だし」

肩をすくめるハウロン。

「俺相手って？」

バタークッキーを配る俺。クッキーというよりショートブレッド？　さくっとするけど、バターたっぷりでしっとりもしてる感じのやつ。

「ごくごく普通の人じゃ、ついてくの難しいでしょ」

「島の仕事、ナルアディード周辺から移動範囲は広くないぞ？」

最近タリアに飛び地ができたけど。

「ソレイユ様とはどのような出会いだったのでございますか？」

執事が聞いてくる。

「脱いでました」

インパクト大です。

「……」

「……もう少しわかるようにお願い」

黙り込んだ執事の代わりにハウロンが聞いてくる。

「なんか、勤めてた商会のバカ息子から逃げてたタイミングだったみたい？　商会の方はけりをつけたらしいんだけど、身一つでとりあえず泳いで島に逃げ込もうとしたようです？」

商会を潰して、ついでにそのバカ息子が商人のままナルアディードに留まることができない状態までは持ってったらしい。ただ、バカ息子が実際にどうにかなるまでの間、身を隠す先としてキールがいる島を選んだ感じ。

「あのお嬢さんが……」

「なかなかない出会いでございますな」

ハウロンと執事が嘆息《たんそく》する。

「アッシュとは刺されて怪我《けが》してる状態で、観光案内されたのが出会いだけど」

「……」

「……」

ハウロンが執事を見る。

執事は目を合わさず微笑んでいる！

「……高名なアノマの元神官長がいるという話も聞くけど」

ハウロンが執事から視線を外してこちらを向く。

「そっちはナルアディードの神殿にいるところを見つけて、普通にスカウトした」

最初は従者のオルランド君がメインだったけど、今では出会いに感謝している。穏やかで、
チェンジリングたちの奇行にも動揺せず、懐《ふところ》の広いお爺ちゃん。

「スカウトしてすぐ乗ってくるようなら、城塞都市アノマからナルアディードまでの長旅はし

ないと思うけれど……」

「裏では名の知れた暗殺者集団を取り込み、表では高名な元神官長とソードマスターを。なかなか稀有《けう》な島ですな」

ソーサーごとカップを持つのが絵になる執事。

「ソードマスターは一応、ソレイユたちが箔付けに呼んだのかな？　確か」

なんでうちに就職したのかわからないけど。いきなり性格がぶつぶつ系から体育会系になってたし。

「こうして漏れ聞いた話の確認を取るだけでもあれなのに、青の精霊島に実際に行ったらどうなってしまうのかしら？」

ため息をつきたそうな顔でバタークッキーを齧《かじ》るハウロン。

どうもなりませんよ！　普通に住人もいるし！


ナルアディードでの商談に立ち会った夜。今は『家』でリシュを撫《な》でながら、カーンの国に植えてもらうものを考えている。

明日、こんなのですよーと、ハウロンとカーンに食べてもらう予定。

リシュの毛はぽわぽわして触《さわ》り心地がいい。ごろんとお腹を見せて、くねくねして、時々甘噛みにもならない空噛みみたいなのを、はくはくしてくる。はくはくのお顔は笑ってるように見えて可愛い。うちの子、最高。

稲は決定。なんかこう、雪解《ゆきど》け水で美味しくなるイメージがあるけど、エスでは作られているものなので環境的には心配無用。あーでも、『食料庫』の中のもの寄りにしすぎるとダメかな？

カーンの国は、麦と米と豆を主食にする計画で動いているそうだ。中原からの移住者と、エスからの移住者が混じるし、他も混じるから、食文化は多彩になりそう。

植えてもらうのはマンゴーとパパイヤとバナナ、あとはデーツとか？　いや、デーツは普通にあるな？　おっと忘れちゃいけないスイカ、スイカ。同じ南国イメージでも俺の中に砂漠でパイナップルはないな？

こっちに来てから一度読んだり見たりしたことがあるものについては、【生産の才能】のおかげか、【全料理】のおかげか、はたまた【鑑定】のおかげか思い出せるんだけど。【全料理】に至っては、絶対知らないことも思い浮かぶしね。

でも最初に浮かぶイメージはとても貧弱。だから一応、浮かんでくる知識の方でも検証しますよっと。

結果、パイナップル以外はカーンの国で全部育つ。パイナップルは気温をクリアしても、生育には湿度が足りないようだ。

パパイヤはビタミンCの補給源として優秀っぽい。ついでに椎間板《ついかんばん》ヘルニアの治療薬として
ぶちゅっと注射する国もあるようだ。――昔見かけて驚いて、そして忘れていた知識に再び驚く俺。

……青パパイヤを千切りにしてサラダを作りたいし、ビタミンCが摂《と》れるしパパイヤは採用。腰痛はとりあえず置いとくけど、精霊がいるとそのイメージで治ったりするんだろうか。ファンタジーすぎない？

と、いうわけでとりあえず確認。

怖い思いをして採ってきたバナナは種があった。今、山の中でも暖かいところで頑張って増やしている。塊茎《かいけい》から出た新しい芽を植えて増やす方が確実っぽいけど、まあ、うちは精霊頼みです。

で、『食料庫』のバナナは種がなくてですね……。黒い小さな種の名残《なごり》はあるんだけど。

仕方がないので、こっちのバナナをせっせと育てて、その中で甘いバナナを採用して育てて――精霊のおかげでアホみたいに生育が早くって、しかも思い通りの味が出やすいとはいえ、バナナが草で、育つサイクルが早くて、助かった感じ。

ってことで、まだバナナは改良中。パパイヤは1つで種がいっぱい取れるから無問題、木だ

から育つのにちょっとかかるけど。スイカは種があるし、生育は早いし問題なし！

そしてマンゴー。『食料庫』のマンゴーは大きいし、甘いので、一度に食べるのは1個が精一杯。美味しいけど、たくさんは食べられない。でもせっせとドライマンゴーを作ったりして、種を集めた。こっちの世界のものとの交配も済ませてある。

『食料庫』のものは、そのままではこの山以外では育たないからね。

この中のいくつかは、島の畑でも育ててる。でも俺の山も島も面積が限られるんで、あくまで島の一部で楽しむ程度。なのでカーンの国に期待。


農作物のお披露目兼検討場所は、カヌムの貸家。

テーブルの上にはずんぐりしたバナナ、熟《う》れたパパイヤ、マンゴー、スイカ。そしていくつかの料理が並ぶ。

それを囲んでいるのはカーン、ハウロンに加えて、食べる要員のディノッソとディーン、クリス。監督者にレッツェ。

「いや、俺を呼ばれてもな？　エスより南の気候に何が合うかなんてわかんねぇぞ？　1回行ったことがあるったって、エスの流れで地形も気候も変わってんだろ？」

困ったように言うレッツェ。

「いいの。アナタはいてくれるだけでいいの。――米とスイカは知ってるわ、アタシの知ってるスイカは白っぽくてもっと楕円だけれど」

ハウロンはレッツェを心の支えにしすぎではないでしょうか？

「マンゴーはジーンがくれたことがある携帯保存食だね！」

クリスが言う。

前にドライマンゴーをあげたことがあるんだけど、よく覚えてるな。美味しいか美味しくないかはともかく、聞き慣れないだろう名前を覚えていられるクリスってすごくない？

「そう、生でも美味しいよ。こっちのバナナはまだ改良中、蒸《む》したり焼いたりするといいかな？」

まだバナナは生で食べて美味しい！　とは感じられない。

「ジーンが出してくるケーキとかに入ってるのが最終形態か」

ずんぐりしたバナナを持ち上げて、ディノッソが言う。

「うん」

ディノッソ一家にはバナナのパウンドケーキとか、チョコがけバナナとか、差し入れしてるので馴染みがあるようだ。シヴァが好きなんだよね、バナナ。

「とりあえず食っていい？」

ディーン。

「はいはい」

返事をして肉とマッシュルームのパエリアを盛り分ける。

「は〜肉うめぇ！」

「肉は候補じゃないわよ。ああでも美味しいわね」

美味しそうに頬張《ほおば》るディーンに、ハウロンがツッコミつつパエリアに手をつける。

ディーンが食べてるとなんでも美味しそうに見えるんで、俺も釣られてパエリアに手をつける。パラパラと口の中でほどける肉の旨味を吸った米が美味しい。

「これは食感が面白いね。豚《ぶた》と――これがパパイヤだね？」

クリスが食べているのは青パパイヤの炒め物。たぶん、青パパイヤはサラダで出したことがあるはず？

「日常の飯になるようなもんならいいんじゃないか？　マンゴーも保存食になるだろうし、それなら輸出もできる。人気になるんじゃねぇ？」

こちらもパパイヤの炒め物を食べながらレッツェが言う。

「そうねぇ。アサス様とエス様のおかげで農作物の豊穣《ほうじょう》は約束されているから、そっち方面で輸出は考えてはいたけれど、マンゴーは単価がよさそうね。生はとろけるような甘さだし」

ご機嫌なハウロン。

「体制が整うまでは、麦と米。その後、少しずつだな。他の国が手出ししてくると、まだ面倒だ」

カーン。

「勝てない？」

「こちらには嵐と戦《いくさ》を司《つかさど》る神もおられる。ただ、人の力で勝つのでなければ、悪目立ちが、な」

淡々とカーンが言う。

「膨大な砂が分かれて、古代の都市が現れ、悠久たるエス川が流れを変えた。話を聞くだけで美しい光景だね！」

感極まったようなクリス。

砂に埋もれたカーンの国の街が現れた、あれは確かに大迫力だった。あの勢いでエスやわんわんが暴れて、ついでに砂漠の精霊ベイリスが怒ったら大変そうだ。

「このスイカ、赤いところがほとんどだし、甘いわね」

ハウロンが三角に切られたスイカを食べて言う。こっちのスイカは切った中身のほとんどが白いところで埋まってる。瓜《うり》に近いのかな？

そしてあんまり芳《かんば》しくない顔。

「甘くちゃダメなのか？」

なんでスイカだけ？　他は甘くても喜んでたよね？

「スイカは砂漠の旅人が持つ、水筒のようなものよ。水よりも長く傷まずに持ち歩けるし、重宝されているの。旅に出なくてもエス川の水は土地を富ませるけれど、そのまま飲料とするには向かないし」

「ああ、水代わりに飲むなら甘さは邪魔か」

健康的にも。

ところ変われば、優先順位が違うんだな。

とりあえず聞き取りしつつ、希望を心に留めておく。米以外は完全に嗜好品《しこうひん》のつもりでいたからちょっと目から鱗《うろこ》。ちょっかい出すなら住む人の要望は聞かないとね。

というわけでスイカは甘いやつと甘くないやつの2種類作ることにした。甘くない方は楕円形か白っぽくしてもらって、見分けがつくようになるといいかな。

ナツメ椰子はもう植えているそうだ。あれは食料でもあるけれど、水が砂に埋もれないように防砂林の役割もある。ベイリスがいるから砂の心配は無用だけど、それに頼って対策をしないのもよくないってことで。

「そういえば、シュルムはまた1つ国を手に入れるつもりのようよ」

「また？」

1回目はなんだっけ？

ああ、移住した元国民が虐《しいた》げられてるとかなんとか……。しかもシュルムの話ではなく、中原の小国同士の話で、そこに首を突っ込んでってるとか聞いたような？

「ええ。今度は一度も領土だったことのない鉱山を、自分の領土だと主張し始めた国を後押しする形ね。鉱山所有の主張自体もシュルムが考えたんでしょう」

ハウロンがスイカを齧りながら言う。

「割と無理やりだな？」

「難癖《なんくせ》よね。だんだん手を貸す理由も怪しくなってるし、まあ、以前からシュルム自体が中原を征服したいだけなのはわかってるんだけど」

肩をすくめるハウロン。

「建前も取っ払って、隠す気がなくなってきたな」

コーヒーを飲みながらレッツェ。

「雑！」

「記録なんざ勝てばいくらでも書き換えられるからな。その記録自体、読める奴ら少ないし」

識字率低いもんね。

「俺は今回複雑だな。目をつけられた国には、エンの【収納】のことを知ってる奴がいる」

「農家やってたとこに来たあれ？」

あのシヴァが倒した暴漢集団。

だったら潰れてしまえと思う。シヴァとバクを人質《ひとじち》にとって、ディノッツォを殴《なぐ》る蹴《け》るしてたし、たぶん命令を出した上もろくなもんじゃない。いや、俺の基準で言うとまともな国の方が少ないのか。

どの国にも味方をしたくない何か。でも親しい人への危険の排除とか、食い物をはじめとした物の流通は確保したい。

それはそれとして、国外、それも海を渡ってまで追いかけさせる財力がある国ってことだから、今回シュルムが取り込む気でいる国は結構大きめなのかな。

「そそ。ただ、シュルムに情報が渡ったら面倒だ」

腕を組んで唸《うな》るディノッツォ。

「シュルムにも時々【収納】持ちが出るけど、今はいないものね」

ディノッツォに同情したような、それでいてあまり関心のなさそうなハウロン。

ハウロン、結構ディノッツォと執事にキツくない？　気のせい？

「シュルムは併合する時に、相手の王族と神殿のトップは始末するパターンが多いらしいが

「……」

レッツェが言い淀《よど》む。

エンのことを知ってる人が、それを口にしないままならいいけど。

「何かすることがあれば協力するよ」

クリスが明るく、それでいて心配そうに申し出る。

「俺も俺も！」

ディノッツソファンのディーンは、なんかやる気の犬みたいな勢い。

「アメデオたちは、難癖つけられてるその国に入ったそうだぜ？　その集団にローザがいるかは聞けてねぇがな」

レッツェが再び口を開く。

「そういえば、シュルムの下——地図で言うと下のなんとかって国に、ローザの仲間がせっせと武器とか物資運んでるって」

レディローザは海賊《かいぞく》をやめて陸戦するんだろうか。

ローザとレディローザ、化粧を落として並べたら、そっくりだったりするんだろうか。

「準備を整え、いよいよ直接対決をするか」

カーンがボソっと言う。

「せめて勇者をどうにかしないと無理じゃ？　こっちに火の粉がかからなきゃ、どうでもいいけど」

ローザはローザで、王の枝を求めるために【収納】持ちに執着しそうだ、とディノッソ。

「情報収集を頼む精霊を増やしておこうかしら。人形が出てくると厄介なんだけど」

憂鬱《ゆううつ》そうなハウロン。

最近知ったんだけど、というか、普通はそうなんだけど、精霊に頼むのって結構大変だそうで。特に長期間の同じ命令は飽きちゃったりするんで、そうすると自由にしたい精霊を縛っておくのに苦労するんだって。

「あ、そういえば」

「何だ？」

俺の声にレッツェが聞き返す。

「ディノッソが置いてきた家畜《かちく》、だいぶ様子がおかしくなってるけど、このまま俺が飼ってていい？」

【収納】持ちのエンを狙って、隠れ住む場所にやってきた追手《おって》。

結局ディノッソとシヴァは、冒険者に戻ってその名と実績でもって家族を守ることを選んだ。ギルドに顔も利くし、何より家族以外がいない環境というのは子供にとってよろしくないと思ったらしい。

で、カヌムに移動する時に置いてかれた家畜を俺が『家』に連れ帰った。

「へっ？」

ぽかんとした顔をするディノッツソ。

「ちょっと、様子がおかしいって何よ」

小声でハウロンが言う。

「うちの山羊やら豚？」

「そう」

もう情が移ってるし、とても役に立ってくれてるけど、役に立ってくれるようになったからこそ、元の飼い主のディノッツソに伝えておかないと。

「もうあそこに放《ほう》ってきた気でいたし、ジーンの好きにしていいけど――」

「好きにしたら様子がますますおかしくなるでしょ！」

ディノッツソの返事を遮って叫ぶハウロン。

「金のリンゴやら、金の芽キャベツに続いて、今度は金の肉とかか？」

ちょっとレッツェ、お肉にするな！　せめて金の卵――ああ、例示が山羊か豚だった。金の山羊乳……？　せめて金の羊毛……ディノッツソ、なんで山羊と豚を例に挙げたんだ！

2章　夜の帷に隠れて

さて、どうするか。

夜、『家』に帰らずカヌムの家。

みんなの帰ったがらんとした部屋で、1人考える。ディノッソの家族に絡んでくる国、滅んでしまえとつい思う。一時の感情ならば大丈夫、でも持続してしまうと周囲の精霊が俺の感情の影響を受ける。

心穏やかでい続けるのはなかなか難易度が高い。でもこれくらいでちょうどいい、でないとどうしても性格が悪いことを考えてしまう。今のように――

「まあ、しょうがないよね……」

魔の森で着たことのある顔の隠れるローブ。

みんなにはとても嫌がられそうだけれど。これでもやり直すために、不穏なものにはなるべく近づかないようにしているんだよ？　自分自身が不穏な存在だってわかっているからね。

【転移】を使った先は『家』ではなく、シュルムの次のターゲットの国、目指すのはその神殿。

深夜の静まり返った街、月明かりがなくとも薄ら光る精霊たちのおかげで俺にはよく見える。

大通り、カヌムであれば酔漢《すいかん》がいてもおかしくはないけれど、家々は扉も鎧戸《よろいど》も固く閉じられ、明かりどころか中の気配さえも閉じ込めるかのようだ。

小競り合いでは済まない戦の気配に、息を殺して縮こまっている。

『やあ、この国の神殿はどこにあるか教えてくれるかな？』

夜を彷徨《さまよ》う精霊に話しかける。

『――』

そっと答えてくれた精霊の声は、薄氷を割ったような微かな音。

精霊に導かれるまま、神殿を目指す。途中、見回りの兵らしい2人組がいたが、そのまま至近距離を通り抜ける。

「ん？」

「どうした？」

「今何か……。悪い、暗がりにシュルムの奴らがいる気がしちまう」

「あっちは、諜報《ちょうほう》員だか暗殺者だかわかんねぇ奴をよく使うらしいからな。俺もおっかねぇ」

そのまま歩き去る2人。

すれ違う瞬間、ほんの少しだけ勘のいい者が気づくけれど、すぐに意識の外だ。今夜の俺は、ほんの少しいつもより精霊に近い。

神殿の入り口には門番もいたが、こちらも気にせず正面から入る。さて、エンの情報を確実に持っているのはトップかな？

重たげなタペストリーも、石の壁も輪郭だけ濃くて、半分透《す》けて見える。石の精霊や、暗闇《くらやみ》の精霊が壁の存在を無視して自由に飛び回る。

遮るもののない移動は楽そうだけれど、あそこまで行くと戻れなくなりそうだ。大人しく、足で歩いて、人らしく天井の高い暗い廊下をゆく。

精霊に尋ねながら辿《たど》り着いたのは、けばけばしくも豪華な部屋。部屋の前には護衛らしき男。

『寝てしまっていいよ』

部屋の前にいる男ともども、神殿の中に眠りをもたらす。

精霊世界に近づいた今夜、周囲の精霊はもう俺の一部のようなもの。わざわざ願わずとも俺の意思で動いてしまう。

眠り込んだ男に視線を一度やって、扉を開いて部屋に入る。扉の中は小さな部屋、ここにも護衛か召使い。もう1つ2つ扉を抜けて、天蓋《てんがい》付きのベッドに眠る老人を見下ろす。

『誓約《せいやく》、契約、種類はさまざま。多すぎるな、どれだろう？』

アズの首に見たような、光の帯がたくさん見える。

見えるようにしているのは自分なのだけれど、ここまで多いと、どれが探しているものか見つけるのは骨が折れそうだ。

体から大きく離れて円を作る帯、体に張りつく帯、幾層にも重なる帯。

なるほど、同じように重なって1つに見える帯は、同じ内容の契約か。体に張りつく帯は、アズの時のように縛るための帯。国王にエンのことを話しているとしたら、その張りつく帯の中にあるだろうか。

おそらくなるべく多くの利益を得るために、【収納】について誓約や契約を交わしているはず。

俺が探しているのはそれだ。

この老人が優位な契約は放置でいい。俺がどうこうしなくても、老人からの口止めが利いている。問題は同等か、老人よりも上位の契約者。

『この契約とこの契約の名前』

光の帯を指で辿り、目的の相手を見つけ出す。どうやら2人。

さて、こっちの後ろ暗そうな契約の沈黙の項目を、エン絡みの契約の帯に書き換えよう。この老人が余計《よけい》なことを話せないように。暴力に頼らず平和にね。

沈黙の項目をなくした、こっちの契約相手が喋れるようになって、どうなるかは知らないけれど。

残りの2人も同じようにして——変えた契約が何のものかは知らないけれど、下手をするとシュルムにこの国の大事な秘密が漏れてしまうかもしれないね。

『あれ、この術式……』

人同士の契約の他に、魔法のための帯もいくつか見える。

老人が自分でかけただろう守りの魔法や、契約の帯の中に隠されるように、細く薄い光の帯が一筋。

『ああ、厳しいふりをしてるんだ？』

見つけたのはハウロンの魔法の痕跡。

たぶんこれはディノッソのための魔法だよね？　これは詳《くわ》しく読み解かずにそっとしておこう。俺に読まれたのがバレたら、ハウロンが照れてしまう。

人の心は見えないね。でも隠れているものの中には優しいものもある。

3章　現地調査とスイカ

リシュと夜明けの散歩。

陽の昇る直前、どこか青い風景の中、山道を行く。だいぶ早起きなんだけど、リシュが暑がりなんで、少しずつ早まった結果こうなった。

こっちの世界、蝋燭《ろうそく》どころか薪《まき》だって貴重だったりするので、日の出と共に働き出して、日の入りと共に寝るとか普通なんだけど。

日の出、初夏の5時半くらいが一番早いのかな？　日本で俺が住んでたところより、1時間くらい遅い気がする。夏場の日暮れはあからさまに遅いけど。

たったか走るリシュのあとをついてゆく。たったか走っても、リシュは小さいから、俺の方は走るまでもない。少しリシュの方が早いけど、あちこち匂いを嗅《か》いだり忙しいので、すぐ追いついて追い抜いてしまう。

追い抜かれたのに気づくと慌《あわ》てて走ってきて、俺の足元をしばらく並走する。時々見上げてくるのが可愛いのだ。

俺のもらった山は、一種の結界の中。守護をしてくれた神々は別として、俺が許可を出した者しか見えないし、入れない。姉たちや光の玉は【縁切】しているので論外。

悪意のない精霊を出入り自由にし、動物の出入りも可能にしている。俺の山以外、森と呼べるような場所がない丘陵が続くんで、どっちにしても大型獣は来られないだろうけど。なので多いのは鳥。

虫は害虫却下なので、個別に許可制です。ミミズの類やミツバチは最初の方で取り入れている。実の生《な》る木の精霊たちに、希望を聞きながら解禁していっている感じ。

受粉のためには蝶《ちょう》とかもいた方がいいんだろうけど、その幼虫はいると困るんだよね……。とりあえず果樹園や畑、『家』の周囲以外の山の中は許可している。鳥の餌《えさ》にもなるし。

果樹と畑の受粉はミツバチと精霊に頑張ってもらってます。ミツバチは、今は木のウロに住み着いてるんだけど、そのうち巣箱を作ろうと思っている。蜂蜜《はちみつ》の収穫をしたい俺です。

かなりアンバランスな生物環境になってるな〜とは思うけれど、足りない部分は精霊が補ってくれている状態。精霊たちから話を聞いて、気づいたところからちょっとずつ生物を増やしてはいるんだけど。

山の点検を兼ねた散歩を終え、リシュをブラッシング。リシュは精霊だから、泥《どろ》も虫もつかないんだけどね。寝そべって気持ちよさそうにブラッシングをされている時と、途中で飽きてブラシを口で追い、はくはくかぷかぷする時とがある。

今日は気持ちよさそうにして無抵抗。満足すると反対側にゴロン、お腹を見せてゴロン。最後は撫でて終了。

で、俺の朝ご飯。

本日は深川飯。2種類あるけど、味噌《みそ》で煮込んだネギとアサリをご飯にかけたタイプの方。海苔《のり》をたっぷりかけていただきます。ぶっかけ飯って、ちょっと行儀が悪いイメージがあるけど、海苔や三つ葉、小ネギをかければ解決する気がする俺です。

さらさらと掻き込んで、漬物を食べて、お茶を飲んでおしまい。これもまた幸せ。

さて、今日はスイカの研究で砂漠に行く。砂漠っていっても、スイカが生えてるのは砂の砂漠じゃなくって、もう少しエスに近かったり、ジャングルに近かったりで、草がまばらに生える乾季のサバンナみたいなとこみたい。

とりあえずエス川の中流くらいに【転移】。精霊たちにスイカを知らないか聞きながら、椰子の林と砂漠の間みたいな、草の生える乾いたところを移動する。

『知ってるよ～あるよ～』

名付けつつ何人かに聞いた結果、知っている精霊に遭遇《そうぐう》。

『お～。ある場所を教えてくれる？』

『いいよ〜』

というわけで、その精霊についてゆく。詳しい話はスイカの精霊がいたら、スイカの精霊に直接聞く所存。

枯れた草や、背が低くて葉っぱのないひょろひょろした枝の木が生える場所を進む。木も枯れてそうだけど、眠ってる精霊がくっついてたりするので、きっと雨が降ったら青々するんじゃないかな？

『ここ〜』

『ありがとう』

灌木《かんぼく》の下、白っぽい丸いスイカがいくつか転がっている。薄い縞《しま》が出てるのも混ざってるようだ、縞があるとスイカって感じがする。サイズは小玉だね。

その小玉スイカに精霊がちょこんと座っている。ちょっと丸っぽい人型、やっぱり人と関わりが深かったのかな？

ちなみに案内してくれた精霊も人型混じり。エスの川筋近くは、長く人間が利用してた土地だからね。エスから遡《さかのぼ》ってくると、途中に両岸ともしばらく砂漠に飲まれたような植物が生えない場所があるんで、中流より上の方には来なくなったみたいだけど。

砂漠が広がって、アサスも封じられて、村やら国やらが消えまくって、火の時代に比べてこっちの大陸は人がガクッと減ってる。代わりに中原が風の時代にどんと人口が増えたみたい。海辺のエスに集まって、内海を挟んで豊かな国々と貿易する方を選んだ感じなのかな？

『こんにちは、質問していい？』

『いいよ？　君、なんかいいね。名付けてくれる？』

ぽぽんと小さな手でスイカを叩《たた》く精霊。

『はいはい、スイカ1号』

ネーミングセンスは諦めてくれ。

名付けてる量が量なのもあるけど、いつか俺よりいい人が現れた時、思い入れのある名前により、名付け変《うわがき》えが楽になる。

『ありがと。何が聞きたい？』

も1つぽぽん。

『スイカって、人間が水分摂るって聞いたけどどんな感じ？　どうやって利用してるの？　だいぶ保《も》つって聞いたんだけど』

『半年くらいでダメになるのもあるけど、年単位で保つよ』

さらにぽんぽんと座っているスイカを叩く精霊。どうやら、話の終わりに叩くっぽい。

『この辺、人が通ってた頃は、薄切りにして木の枝に引っ掛けてから食べたりしてたね』

乾燥スイカ？　水分多いならなんか干すの大変そうだけど。ずいぶん縮みそうだし。

『あとは棒で突いて灰をひとつまみだよ』

『棒で突いて灰をひとつまみ……』

灰？

『山羊と争ってたね。山羊には代わりに根茎《こんけい》だよ』

『山羊には代わりに根茎』

『山羊には美味しいけど、人間には毒だよ』

えーと、人間も山羊もスイカを食べるけど、人間が食えない根茎があるからそれを山羊にやって、スイカは譲《ゆず》ってもらうってことだな？

『とりあえず1個、やってみていい？』

『どーぞー』

そういうわけでスイカの精霊に従って、スイカチャレンジ。

まず、灰のために火を起こすにあたり、野焼きにならないよう枯れた草をどけて土を浅く掘る。風はないから浅くて大丈夫。必要なのはひとつまみの灰だし、大きな火はいらない。

『はい、穴開けて開けて』

『エクス棒、よろしく』

『はいよ、ご主人！』

エクス棒でボスっと穴を開ける。

『ぶああ、なんか変な感じ！　穴開けるとこだけ面白い！』

で、その穴から中身を突いて崩す。

中身は白いというか、薄黄色いというか、瓜っぽい色。スイカも瓜か、西瓜だし。

エクス棒的には、穴を開けるのはいいけど、穴から中身を崩すのは好きじゃないみたい。でも片っ端から穴を開けるわけにはいかないんで我慢してくれ。

中身をざっくり崩したあと、スイカの精霊に従って灰をひとつまみ。

『あとは放置だよ』

ちょっと混ぜたあとにそう言うので、しばらくスイカの精霊と話して時間を潰す。

なお、スイカをそのまま食うこともあるそうです。なんで謎の儀式みたいな方を先に教えてくれたのか。

しばらく待ってたら、なんか中身が濁ったごく薄い黄色の水に。灰で果肉が溶けた？　水に変わった？　ファンタジーすぎる。

でもなるほど、確かにこれなら水筒代わり。果実から摂る水分じゃなく、立派な液体だ。

——味、味は予想外に苦かったです。

苦いのは灰のせいなのか、スイカのせいなのか謎。

なお、【鑑定】しても、「スイカ、その中でも乾燥地帯で水として利用されることがある種類」とか、簡単なものしか出ない。たぶん灰を入れる行為を俺の中で料理の分類にできていないから。

頑張って、俺！　食べ物だって認識して！　じゃないと俺の【鑑定】さんはそっけないの！

『わはははは！　コレ不味《まず》いぞ、ご主人！』

エクス棒にも不評。

『そのできた水で干したメイズ《トウモロコシ》を煮て食べたり、体を洗ったりだよ』

あ、メイズってカーンが言ってた気がする。

この辺でトウモロコシのことなのか、火の時代の呼び方なのか。

『なるほど、干しトウモロコシを煮るのにはいいね』

確かそのままじゃ、必須アミノ酸だかが上手く吸収できないんだけど、石灰や木灰やら貝殻を突っ込んで煮ると、吸収しやすくなるんだよね。

それを知らずにそのままトウモロコシ食べてたヨーロッパ人から、ペラグラとか欠乏性疾患者が出たのは知ってる。ペラグラは脚気《かっけ》より見た目がインパクトある状態になるし、滅亡した先住民族の呪《のろ》いとかそんなジャッジをされそう。

よし、なんで灰をひとつまみ入れるのか納得いかなかったけど、先人の知恵ってことで納得したぞ！　必要です、灰！

『そういえば山羊にあげる根茎ってどんなの？』

『スイカよりも君の頭よりもでっかいよ』

でかいらしいです。

精霊の案内で試しに掘ってみる。一瞬スイカの根っこかと思ったけど、そんなことなかった。俺の知らない丸いやつでした。

『ご主人、もう1個！』

――張り切ったエクス棒により、無駄《むだ》に4つほど掘り出したので、そっと【収納】にしまいました。

さて、どうしようかな。もっと水がたっぷりなスイカを作ろうとぼんやり思ってたんだけど、トウモロコシの栄養のことを考えるといじらない方がよさそう。

言葉で、アルカリで処理してね！　とか言ってたって、いつか絶対失伝するよね。だったらこの、「水を手に入れるためには灰を使う」って状態はそのままの方が絶対いい。

『よし、このスイカ、大きくしよう』

小玉スイカから大玉スイカに。

『大きくするの？』

『ダメか？』

ちょっと戸惑ったようなスイカの精霊に聞き返す。

『大きくすると、皮が厚くて硬くない？　山羊が食べられないんじゃないかな？　今も若いうちしか歯が立たないけど』

『なるほど。じゃあ、生る数を増やす方向で』

山羊にも悪いので大きくするのは撤回。大きくして皮を薄くすると途中で割れちゃったり、今度は旅での持ち歩きが大変そうだし。

『それならいいね』

スイカの精霊からＯＫをもらって、その方向で。なんかこう、植える数を増やすだけで解決しそうな結果に落ち着いた。いや、１つの苗からいっぱい生った方がいいよね、うん。

スイカから種を取り出して、当のスイカの精霊によく育つよう力を注いでもらう。

精霊たちにお礼を言ってカヌムに【転移】。

さて、手土産《てみやげ》がスイカの種だけっていうのもな。ワインは確定として、パンと……何がいいだろう？

そういえば犬小屋できた頃かな？　今回は彫刻をたくさんするって言ってたから、まだかな？　様子見がてら地の民のところに1回行って、中に敷く布団のサイズを測ってこようか。

とりあえずスイカに決着をつけよう。

「こんにちは～。ハウロンいる？」

夕方だけどまだまだ陽の長いカヌム、ハウロンたちの貸家に昨日に続いて顔を出す。

「いるわよ」

「なんかぐったりしてる？」

1階の居間に入りながら、アンニュイな感じのハウロンに言う。

「ぐったりというか、げんなりよ」

「なんで？」

犯人、俺じゃないよね？

「カヌムじゃないけど、精霊が本にいたずらしたのよ」

「精霊って本へのいたずらって結構してるじゃん」

この世界、シュルムが精霊の力を借りて紙を作ってるので、紙が羊皮紙《ようひし》より豊富。識字率は高いってほどでもないんだけど、都市に限れば思ったよりは。そういうわけで紙は高いけど、ものによっては買える、みたいな感じ。

ちなみに「オリジナルの本」は大丈夫だけど、写本は劣化してゆく。経年劣化というより精霊がいたずらして、特定の文字を消してみたり、入れ替えてみたり、文や絵が当初とどんどん変わってゆくのだ。

それは写しの写し、さらに写しというように、オリジナルから遠いほど顕著。あと、許可のないというか手順を踏まない写しはやりたい放題される模様。

それでもまだ本の形にしたものは多少保つんだけど、綴《と》じずにぺら1枚で置いとくと、一月《ひとつき》保たないんじゃないかな？

この世界では取っておきたい文章は、製本して本にするか、封筒に入れておくか、封蝋《ふうろう》で留めておくか。まあ、ちょっと手間がかかる。

「そうじゃないの。きちんと手順を踏んで作られた本が、一文字たりともそのインクを移すことができないはずの本が！　今回書き変わったのよ！」

「そうなの？」

オリジナルもいたずらされるんだ？

「オリジナルが書き変わったら、一体何を信じればいいの？　大問題なのよ！」

荒ぶるハウロン。

「そう言われると大変だなって思うけど、むしろなんでオリジナルに今までいたずらしてなかったのかがわからないし……」

精霊って無差別にいたずらするイメージがあるけど、確かに本へのいたずらって他に比べて多い気がする。

って、ルゥーディルが精霊図書館作ってるからか。図書館に収めるために眷属《けんぞく》に積極的に本を写させている。その読む過程で、文字が移ったりなんだり、ついでに飽きて単純にいたずらしたり。

「文章に対する思い入れの強さで、決まるとか聞くわね。書いた人間も読んだ人間も、その人たちの気持ちが紙に焼きついてると言うわ。——高く売ろうとする想いの強さとか、文章にじゃなく商品にかかるものはノーカンね」

「なるほど？」

「それよりも今は契約の本よ！　よりにもよって契約！」

……ん？

「しかも神殿と王宮の！　契約書を製本した本が、数冊にわたる、保管場所も作り手も違う本がよ!?」

……。

そういえば、魔の森でみんなの契約をいじったらギルドの契約書が焦《こ》げたとか、座布団を縛っていた契約を切ったら座布団本体がぼふんと言ったとか……。

よし、気のせい！！！！！　話題を変えよう！

「まあ、飯でも食って落ち着いて」

そう言ってワインと、焼きたてのパンを出す。次いでパンプキンスープ、オレンジのサラダ。

メインは鴨肉《かもにく》のローストにマッシュポテトと赤チコリの焼いたのを添えたもの。

赤チコリも島で育ててる。チコリ、赤チコリ、キャベツ、レタスやサニーレタスも順調。

白菜は失敗して爆発したのかと思うほど開いた。きゅっと丸まらなくって、なんか地面に張りついた巨大な葉牡丹《はぼたん》みたいな状態でぺたんと。レタスとかは綺麗に巻かなくってもそんなにインパクトないんだけど、白菜が開いてると結構インパクトあるね。

「落ち着けないわよ。今回の事例は、全ての契約が疑わしいってことになるのよ？　このことが広まれば、契約という契約の信用が怪しくなるってことよ？」

俺の出したワインを乱暴に飲んで言う。

「まだ広まってないんだ？」

「たまたまアタシが精霊の監視をつけてたところで起こったのよ」

先程までの勢いを少し収め、とん、とワインのグラスを机に置くハウロン。

あれですね、ディノッソたちのために監視してたんだ？　で、それは知られたくないと。

「監視の精霊はなんて？」

「特に何も」

ありがとう精霊さん。

「元々契約した内容とは少し外れることだし、騒ぎがあってから原因の情報を拾うように契約し直したことだしね」

ため息を一つ。

ワインを飲んで食欲を刺激されたのか、ハウロンがスプーンを手に取り、スープを飲み始める。俺も同じ料理を出して、サラダをつつく。

「頼んでた精霊に、何があったか聞けばいいんじゃ？」

「普通はそんなに便利じゃないの。ついでに普通は精霊と流暢《りゅうちょう》に話せないの」

ジト目を向けられました。すみません、俺ができることはハウロンにもできるような気がしてました。

「強い精霊による干渉で契約が破棄《はき》された場合は、媒体《ばいたい》——この場合、契約書が燃えるなり破損なりするからわかるけど、今回のように媒体が無事なのに書き変わってるって怖いわよ？」

「ああ、ぱっと見わからないんじゃ、チェックするのに全部読まなきゃいけないのか……」

「ええ。神殿や王宮には、毎日本の状態をチェックする役目の人がいるくらいなんだけれど、さすがに中身までは読まないわね」

なるほど、そのチェックって書き換えとかじゃなくって、契約書が燃えてないかとかの方のチェックか。

「ちょっとした図書室がありそう」

「実際あるわよ。小さな商人や冒険者ギルドは別だけれど、貴族や大商人の契約は量も多い上、期間が長いことが多いもの」

小さな商人の方は知らないけど、冒険者ギルドは精霊がいたずらを始める時期よりも、契約期間が短いことが多い。

だから綴《つづ》らずに1枚ずつ引き出しに入れる方式。引き出しというか、棚《たな》に板がたくさんあって、板ごと引き出すやつとか、深い引き出しに縦にしまって、仕切り板があるようなのが多い。契約した依頼に失敗して、燃えたりする確率が高いから。

国や大商人の契約は確かに年単位とか多そうだし、そうすると片っ端から本にするしかないのか。大変だ。

「落ち着いてるけど、アナタの契約も無効になるかもしれないのよ？　明日にはアタシがアナタの秘密を権力者相手に話し始めたり」

そのまま目を細めて見られる。

「元々契約書にそこまで期待してない。俺が来た世界は、契約書って法的拘束力はあったけど、魔法の拘束はなかったし」

「法律なんて国ごとに違うじゃない。気分次第でコロコロ変わるし」

目を丸くするハウロン。

驚かれたけどまあしょうがない、こっちの世界って大きな国でもいきなり変な法律ができたりするし。小さなところは領主次第だし、当然国ごとに法律が違うし、気軽に国境は越えられない。実は領地に入っただけで捕まるところも多いし。

そんな中、精霊の関わる契約は、法律も他のこともまるっと無視して絶対。日本は法律の中に、契約書の記載よりも優先されるものがある。

「あ。忘れてたけどハウロンとの契約書も破棄しとく。あれ俺の方からは破棄できるよね？」

「契約はそのままでいいわ。シュルムはともかく、うっかり勇者と対峙《たいじ》しちゃうかもしれないし、少なくとも国に引っ込んでいられるようになるまではね」

ウィンク一つ。

「ハウロンは契約書ってどうしてるんだ？」

「ちゃんと綴って本にしてるわよ？　国の方はいい装丁《そうてい》師を引き抜いたけれど、個人的な分は自分でしているわ。——あら、この鴨美味しいわね」

やっぱり本を作る装丁師の良し悪しがあるのかと聞けば、本にした時に美しい方が精霊は憑きやすく、破損なんかから守られたり、内容が少し強固になったりするんだって。そういえば、魔法の本を見つけてた時に、精霊が憑いてる本があったな？

「俺も装丁師雇おうかな？」

「契約増えてきてるの？　あんまりアナタのやっていることをバラす人を増やすと、レッツェとディノッソが心配するわよ？」

ハウロンが言う。

「いや、精霊の名前の聞き取りが」

なんか『家』と島の塔に置いてある記名帳の埋まる速さが、どんどん速くなってて。

「……それを綴じられるのはアナタくらいよ」

精霊ノートが扱えるのは、綴られた名前の精霊たちがまとまっても、精霊ノートよりも弱い時。そしてなんか本の厚さを揃えることにこだわってるようで——強い精霊が混じった時とか、別に避けてあるんだよね。

精霊ノート自体が強くなっていってるので、扱える範囲も多くはなってるんだけど。

「ああ、これ」

本題を忘れるとこだった。

「なあに？」

ハウロンに小袋に入れたスイカの種を渡す。

「水代わりの方のスイカの種。元のからあんまり変わってないけど、同じ条件で実をたくさんつける。必要なところに撒《ま》いて」

俺はエス川を行き来するコースしか知らない。

「ありがとう。山羊を養いながら、塩の谷に旅するために使わせてもらうわ」

そう言って遠慮なく受け取るハウロン。そっと俺への説明を入れてくるあたり、さすが大賢者。そして塩の谷に行くのは決定なんだ？

「塩の谷は場所で言ったらエスの方が近いかもしれないけれど、砂の砂漠と嵐、海からは山があって行けないの。随分遠回りになるけれど、決まったルートでしか入れない場所なのよ」

「秘密の場所？」

特定の人しか入れないような、何か魔法がかかっているのかもしれない。もしくはその塩の谷の精霊が人の出入りを拒んでいるか。

「そう、秘密。塩が採れる場所は大抵ね、エリチカが特殊」

エルウィンがいるエリチカの塩鉱《えんこう》は、観光地になっている。

「エスに住み着いていた遊牧の民のうち、またその生活に戻りたいと願っている者たちを迎え入れる算段よ。塩の谷への最初の旅は、アタシも一緒に行くつもりでいるわ」

塩の交易をするのかな？　するんだろうな。

「スイカの道でバレないように」

言わなくてもわかるだろうけど、一応警告。

スイカを辿っていったら隠してた塩の谷に辿り着いたとか、笑い話になってしまう。

「ええ、気をつけるわ」

笑顔のハウロン。

「じゃ、この辺みんなの夜食に」

パンをはじめ、料理を数品置いて『家』に帰る。

レッツェに会う前に退散しないとね、なんかバレるから。俺の隠してるつもりがないものまでバレるし。

幸いというか、冒険者ギルドの方でここ2、3日、昼から夜中にかけての仕事を受けてるみたいで留守だけど。

ディーンとクリス、アッシュも魔の森に魔物が増えてるんで忙しい。シュルムが中原に本格的に介入したから、黒精霊が増えてるんだろうね。

大規模魔法でやらかしたほどじゃないのかもしれないけど。三本ツノの調査にみんなで行ったのがちょっと懐かしい。またみんなでどこかに行きたいな。

あ、そういえば、そのやらかした国がシュルムの侵攻方向とか言ってなかったっけ？　どうなったんだろう。ハウロンが調べておくと言ってた気がしたけど。

それにしても、ハウロンもカーンも勇者たちとニアミスしそうで、ちょっとドキドキする。それを想定して、俺との契約を破棄しないことを選んでくれたんだろうと思うと、さらにドキドキする。

シュルムの間者《かんじゃ》とかもいるだろうし、２人とも目立つから。スカウトするには目立った方がいいこともあるんだろうけど。

レッツェやディノッソたちと違って、酷《ひど》いことになってもカーンは国を捨てて逃げることはしないだろうし、ハウロンもカーンに従うだろうし、逃げ場の提供をするなら国ごと受け入れられるようじゃないとダメだよね。困る。


「リシュ、ただいま」

駆け寄ってくるリシュを手の中に迎え入れてわしわしと撫でる。絶対的に安全な『家』。

ここもきっと、俺より強い存在には暴かれる。俺が契約を書き換えられるのと同じ理屈が、俺の場所でも通ってしまう。とりあえずせっせと名付けて、少なくとも勇者たちとの【縁切】

は維持！

ところで神々たちに最近ここで会わないんだけど、なんとなく思い当たることが一つ。

『えーと。もしかして、ヴァン来られる？』

リシュのはんぺんのような耳をむにむにしながら恐る恐る言葉を発する。一応精霊語で。

これで何も起こらなければ恥ずかしい独《ひと》り言《ごと》でバツが悪いし、姿を消していたヴァンが来たら来たでバツが悪い。

『……』

で、来たんですよね。すごく仏頂面《ぶっちょうづら》で視線を逸らしたヴァンが。

「こんばんは」

「ああ。――呼ぶならもっと早く呼べ」

もしかしなくてもこれ、守護してくれてた神々よりうっかり俺の力が勝《まさ》って、この場所の結界に入れなくなってましたね？

「リシュは俺に許可も不許可も出す気はないようだ、上位のお前が望まぬと入ることすら叶《かな》わん」

やっぱり。というか、ヴァンに至ってはリシュの配下になってる気配がそこはかとなく？

そういえば可愛さ選手権でリシュに敗北したんだよね？　あれで上下が決まってしまったのか？

とりあえずどっかの火山と、アヴァンチュールな日々を過ごしていたわけではなさそう。

「とりあえず、ここに出入り自由で、と伝えておけばいい？」

「……うむ」

でかい精霊に来られても目立つし困るので、ここに強大な精霊の訪れは遠慮してもらっている。今まではその結界を張る側だった守護神たちが、俺の維持する結界に阻《はば》まれてるという……。

一番初めにリシュに負けたことがきっかけでヴァンが、ヴァンが俺の――というかリシュの――眷属になったことで、他も力のバランスが崩れて、みたいな感じだろうか。

神々の強さとか、リシュに負けたのか他の神々に負けたのかとかでも、守護から変わったタイミングは違いそうだけど。

「確かめるためで特に用事はないんだけど、ダイヤ食べますか？」

「……食う」

なんとも微妙なやりとりになるのはしばらくしょうがない。リシュは我関せずと、俺の足にジャレついてる。

ヴァンも気まずかったのかダイヤを食べたあと、すぐに姿を消した。夜だし、ルゥーディルを呼んでおこうか。いや、契約状態の精霊を出入り自由にすればいいのか。……エスとか来な

いよね？

『ルゥーディル、カダル、イシュ、パル、ミシュト、ハラルファ。来てやってもいいと思うならどうぞ』

個別指名にしました。

「よ～やく来れた！」

空中にぱっと現れるミシュト。

「随分時間をかけたのぅ」

すーっと姿がだんだん濃くなるハラルファ。

同じ光属性でもやっぱり少しずつ違う。

「自身も承知の結界に阻まれるとは思わなんだ」

やれやれという感じのカダル、こちらはテーブルのそば。

「畑の様子も気になるねぇ」

パルが現れたのは台所、流しにある蕪《かぶ》を持ち上げしげしげと眺める。

「リシュに負けたヴァンならともかく、僕たちまで君に取り込まれるとは思わなかったよ」

イシュも台所、来た早々ちょっと辛辣《しんらつ》。

ああ、司るものがそばにあった方が呼び出しやすいというか、来やすいのか。

ルゥーディルがエクス棒を齧るリシュの隣を、無言でキープしてる。うん、そうだった。以前は夜になると闇に紛《まぎ》れていつの間にかリシュを眺めてて、怖かったんだった。

さすがに寝室は遠慮してくれてたみたいだけど、暖炉《だんろ》の火と俺のライトの魔法が光源で、暗がりは『家』のそこかしこにある。最初は部屋全体を明るくするようなライトを使ってたんだけど、カヌムで過ごすうち暖炉の火に慣れた。今はライトで明るくするのも作業をする場所だけ。

瞳の色も黒から紫になったからね、日本人だった頃より光が眩《まぶ》しく感じるのもあるかも。

「すみません、俺もずっと守護のままだと」

俺が力を増すほど、守護する神にも力が流れ込んで強くなる——けど、リシュが元気になるように力を振り分けてたし、さらに7人に分割なんだよね。

うっかりそれを超えて強くなりました。

「守護からの逆転はほとんど聞かないね。でも嫌ではないよ」

パルが言う。

「私も～。ここに来られないことの方が嫌だったわ」

笑顔のミシュト。

他の神々もこうして来てくれたからには、思うところはあっても良しとしてくれたのだろう。

「ほとんど、ということは以前にあった？」

話しながらテーブルに神々の好物を用意。

パルに籠《かご》いっぱいの焼きたてのパン、ルゥーディルにワイン、カダルに薬茶《くすりちゃ》、ミシュトに蜂蜜、ハラルファに皿に浮かべた花々、イシュにエリチカの塩の結晶。それぞれがそれぞれの顔でテーブルにつく。

なお、あんまりなので山で採れた野菜の素焼きも添えてあります。

「人形でもないのに精霊を食らう者がおった。精霊たちの力を丸ごと取り入れ、守護した精霊よりも強くなり、食らって、そして石になったはずじゃ。儂《わし》もその一度しか知らぬ」

カダルが薬茶を飲みながら渋《しぶ》い顔をする。薬茶が渋いのか話の内容が気に入らないのか。

「やっぱり強くなりすぎると石に？」

「強くなりすぎるというより、偏《かたよ》ると、だ」

ボソリとルゥーディル。

「一つの属性に偏ると疾《と》く、二つの属性に偏ると早く——精霊《せいしん》に偏りすぎれば自身が石になる。そしてその上限は、世界が物質に満ちていれば上がる」

俺と視線を合わせないままルゥーディルが続けて言う。

視線が合わないのは、言いづらいことをはっきり伝えているから、ではなくって視線の先にリシュなんだけどね。リシュは完全スルー。

取り込む属性が多いほど強くなっても大丈夫――というか、属性同士影響しあって弱まったりするんだっけ？

「世界のバランスもあるが、それはそなただけの話ではないしの。勇者の国の人形が、腹に溜め込んで世界から精霊を隠しておる」

ハラルファが皿から花を掬《すく》い上げ、顔に近づける。

「西と南では物が増えているけれど、中央では物が減っている。西と中央で、ナミナの眷属と黒い精霊は増えているけれど、他の精霊は減っている」

イシュが塩の結晶を齧る。

大丈夫、さらさらした塩でなければ、ビジュアルから受けるダメージは少ない。体に悪そうって思うのは人間の感覚、人間の感覚なんですよ……っ！

って、そっちじゃない。イシュの言ったことだ。西は勇者のいるシュルム、南は俺が好き放題やってるところ。中央は戦火の中原だね。

「ジーンはそのままで大丈夫！」

笑うミシュト。

「世界の心配もそうせずともよろしかろう。いささか精霊に偏っているが、これは元から」

「そのために勇者を喚《よ》んだんだもの！」

パルにミシュト。

そういえばこっちに喚ばれた理由はそんなのだった。

「そなた自身が精霊に偏っている。人と関わること、人の世界の——人の手を経たものを食うこと使うこと。世界のために新しいものを増やすこと、ものを生み出す人を増やすこと。そのあたりが効率がよい」

ルゥーディル、リシュに視線を釘付《くぎづ》けにしたままワインを優雅に飲んでいる。

ルゥーディルは変た……おかし……いや、人《おれ》とは違う感覚を持ってる精霊なのに、割とわかりやすくアドバイスをくれる。

リシュは可愛い、リシュは可愛いよ？　どうしよう、建物の中は出入り禁止にした方がいい？　でも窓に張りつかれるのも怖いよね？

「ありがとう。とりあえずこのまま頑張るよ」

うん、アドバイスもらったし、リシュは気にしていないみたいだし、出禁《できん》はやめておこう。俺がちょっとビクッとするくらいだし。

とりあえず島のレストランで、週1で食事するか。あ、ディーンにオススメの肉を焼いてもらおう。

「ところで、俺が名前を呼んで契約をしてしまったんでしょうか？」

契約というか、名前の上書きで縛ったというか、俺の今の状態で言うと眷属化したというか。

一応覚悟して――魔石を持って全員の名前を呼んだんだけど、ごっそり魔力は減ったとはいえ、倒れるほどじゃない。ネネトとスコス、エスと続けて契約した時よりは楽。

「我らのうち何人かはリシュに直接降《くだ》されておるからの」

意味ありげに笑って周囲を見渡すハラルファ。

バツが悪そうに視線を逸らす何人か。

「ジーンに名前を呼ばれること、受け入れてるから」

にこにことミシュト。

「他に降ることに抵抗がある者どもには、負けるのを承知でリシュに挑《いど》んだのもおるのう。軽く考えればいいものを」

「ルゥーディルなんか、リシュの眷属になりたくって正面から行ったのに、スルーされたんだから！」

言い合う2人。

思わずルゥーディルを見て、足元のリシュを見る俺。目が合ったリシュがこてんと首を傾げて見上げてくる。よし、よし、水を新しいのに替えとこうな。ドラゴンの骨も出そう。

「ジーンは私たちの扱いが何も変わらないの、わかってるのにね～」

ミシュトが蜂蜜をスプーンで口に運んで嬉《うれ》しそうにしている。

どうやら守護してくれた神々は、全員俺に名付けられることが嫌ではなかったらしい。ただ、「名付けられる」こと自体に抵抗がある――あった神々は、リシュに降された、ということらしい。

リシュ最強。

「ヴァンも呼ぼうか」

「やめておあげ」

せっかくみんないるのだから、と思って口にしたら、パルに止められた。

「あれが一番バツが悪かろう」

カダルが言う。

「戦の神が負けちゃ、格好がつかないね。剣の弟子の元につくのも」

焼き野菜に塩を慎重にかけているイシュ。

「うふふ。面白いの、たくさん見たわ」

「よい余興じゃった」

ミシュトとハラルファの悪い感じの笑顔を見て、ヴァンを呼ぶのはやめようと思った。きっとの2人にからかわれたんだろうな……。

「ご馳走《ちそう》さま、またね」

そう言って食べ終えたミシュトが消えたのを皮切りに、それぞれが俺に声をかけて姿を消す。

まあルゥーディルはリシュにだったけど。久しぶりに『家』が賑《にぎ》やかだった。

「リシュ、ありがとう」

リシュの顔を両手で挟んでわしわしと撫でる。

守護してくれた神々は、エスのように古い神々というわけではない。たぶん、人間が中原に来てから生まれた神々なんだと思う。予測だけどね。

メールが話を聞かれることを警戒したモノは、きっとエスより新しくって、守護してくれた神々より古い。まあ、エスたちは人間がというか、ルフが現れるより前に存在してたんだろうし、な。

リシュはどっちだったのかな？　今のリシュは俺の愛犬なんでどっちでもいいけど。古い精霊の中にもそのモノに名付けられてるとかもあるだろうし、新しい精霊だって俺や他の人に名付けられてるし。

俺のこの待遇を、神々を通して叶えてくれたのは、たぶんそのモノなんで、特に敵対するつもりはない。でも、どんな存在か知りたいと思う好奇心はある。大体何をしたいかわかる気はするけど、どこにいるか謎なんだよね。

さて、風呂に入って寝よう。俺がやることは引き続き、生活水準の向上！　人の作った美味しいものが食べられるように、野菜と調理法を広める方向で。

服とかアクセサリーとかは姉たちがやってるみたいだし。ちょこちょこ拾う噂では、揺れない馬車は失敗したらしいけど。

ちなみに姉たちは口を出すだけで、実際に動くのはシュルムの国の人々。で、サスペンションを作ったわけじゃなくって、精霊を憑けることで揺れをなくして姉の要望を叶えようとして、いざ完成品を納入したらダメだったんだって。

人形に憑けた精霊が食われたんじゃないでしょうか？　と、話を聞いてて胸の中でツッコミを入れた俺です。

まあ、あっちはあっちで俺に関わらないよう頑張って欲しい。戦いを吹っかけるのはやめて欲しいけど、シュルムが介入する前から、ずっと小競り合いを繰り返してるみたいだし、中原は落ち着かないね。

俺は部外者だからノータッチ。争いが長く続きすぎて、今どっちが悪いとかは意味がない感じだし、どの国の味方にもなれない。みんな早く落ち着いて暮らせるといいなとは思うけど。

とりあえずジャガイモを広めて、飢《う》える人を減らしたい方向。直接やると目立ちすぎるんで、ナルアディードの商人に権利ごと売ったんだけど、割と順調。

青の島経由のトマトもいい感じだし、早くあちこちの料理人が使ってくれると嬉しいんだけど。精霊がいるから情報が回るのは早いけど、現物の輸送は時間がかかるから、カヌムの方まで広まるのは年単位だ。頑張って欲しいところ。

国作りのハード面は楽しいんだけど、政治や人のこととなるとあまり関わりたくない。青の精霊島でソレイユたちにも言ってるけれど、いざとなったら俺は逃げるから。

建物やものは残せるけど、他との繋がりを作るのは、俺じゃダメだと思う。

「リシュ、おやすみ」

ベッドから手を伸ばして、リシュを撫でておやすみなさい。

◆◇◆◇◆

「いらない」

「だわよね」

ソレイユから色々報告を聞きに島に来たら、爵位《しゃくい》を領地ごと買わないかという打診があることを聞かされた。寝る前に変なこと考えてたせいか？

「土地はともかく、なんで人の国の爵位なんかもらって嬉しいと思うんだろう」

それを名誉に思えるような国ならともかく、この世界でわかるとこだけでも、クリーンで素晴らしい王政敷いてます！　なんてところは見たことがない。

自由にやってるのに何が悲しくて人の下につかねばならないのか。

「旱魃のおかげで立ち行かなくなってるところが多いみたいで、爵位を売りに出す貴族が増えてるのよね。その割に『精霊灯』が欲しいと言ってくるところはまだあるし、一部が貯め込んでるのよ」

全体的に景気がよくなってくれないと、清々《すがすが》しく商売できないわ、と、ソレイユが言う。

「ソレイユが欲しいなら、爵位もらって領主もやってみたら？　ここの代理もやってもらわないと困るけど」

元々、新しいとこには代官を置く前提で来た話だろうし。

「いらないわよ。せっかく楽しくやってるのに、横槍が入りそうだし。商売するための爵位だって言われてもねぇ……。今のままで王家からも打診が来るもの」

ソレイユにとって、爵位は商売のための出入り許可証のようなものなんだな？

「マリナやこれから付き合いが見込まれる国に、少し入れておくか」

「将来役に立つかもしれませんし、表に出ない情報が拾えれば防衛の役に立ちます」

こちらは考えてる顔のキールとアウロ。

入れるって、スパイというかこの場合は草の者？　爵位を買ってその国に住ませるの？　というか何年計画？

「できれば人間に埋没できるチェンジリングがいいが、難しいな」

「長く人と一緒にいれば、どうしても違和感は抱かれます。その違和感を勘違いして、裏を探られる場合も多い」

アウロは俺への説明も兼ねているのか、時々こちらを向いて話す。

「面接者の中からよさそうなのを見繕《みつくろ》うか」

「人間も、この島に関わりのない者をスカウトしましょう」

「いや、まあ、必要だと思うならやってもいいけど。爵位を買うの自体は犯罪じゃないだろうし。こっちに火の粉が飛ばないようにな」

答えを求めるように2人が俺を見てきたので口を開く。

「では選別を終えたら極秘裏《ごくひり》に対面してもらおう」

悪そうな顔で笑うキール。

「我が君に忠誠を」

手を胸に頭を下げてくるアウロ。

そこも俺なの⁉

思わずソレイユを見ると、どこかどんよりした目が逸らされた。ああ、やっぱりソレイユも

この2人はやりすぎだと思ってるんだ？

「販路の確保が、国の安全の確保になってる……」

ボソリと呟くソレイユ。

そっち⁉　そして、商売のためならスパイを潜《ひそ》ませるのもアリ？

「おかしな条件のない土地なら、増やしてもいいかしら？」

気を取り直したソレイユが聞いてくる。

「それはもちろん」

野菜は色々作りたい。

ついでに家屋も作って物質度（？）上げたいです。自分のために。

「マリナはさすが『王の枝』を掲げて、ナルアディードを持つ国らしく、よく保たせてるわ。

代わりにタリア半島の国々やアミジンの方は物資が回らなくって、危ない地域が多くて。お金

もないだろうから、小麦の代わりに土地をもらうことになりそうだわ」

ため息をつくソレイユ。

アミジンってどこだ？　精霊図書館のあるテルミストのそばだっけ？　あとで確認しよう。

タリアなら野菜がいっぱい作れるし、テルミストのそばならサトウキビがいけそうだ。

「小麦はどう？」

「メール小麦は運んでくる前に売り先の算段済みだったけれど、小麦はまだまとまらないわね。買いたい国は多いけれど、買えない国の方の被害が酷いんですもの」

なるほどそれで土地で支払いなのか。

「量が少なくなっても、なるべく広範囲に行き渡らせたいのよね？　ニイ様の話だと、旱魃は落ち着くんでしょうから、それまで保つくらいに」

「うん、面倒でもよろしく」

ちなみにファラミアはずっとソレイユの後ろに立ってました。ソレイユが叫んだり倒れたりヒクヒクいったりしなかったので、気配がなかっただけだ。


今月分の焼き菓子を差し入れて、ソレイユに面倒ごとを押しつけ、俺は街で買い食い。いや、買い食いは大事、大事なことなんだ。

『精霊の枝』がある広場に面したレストランは、通常は予約が必要。俺の場合は突然利用しても平気だろうけど、慌てさせるのもなんなので今回はパス。

観光客に混じり、しばらく路地を歩いて、ソレイユとアウロに教えてもらった小さな店に入る。

「いらっしゃい。カウンターが空いてる」

手を動かしながら店主が声をかけてくる。

言われた通りカウンターに座ると、水が運ばれてくる。これは、俺が宿屋とレストランにサービスとして勧《すす》めたのが広がってるらしい。他の国は水が有料の場所が大半だけれど、この島はどこにでもあるしね。

「ムール貝、手長海老があるよ！」

「じゃあ、手長海老で」

「おう」

案内してくれたのは手伝いらしい子供で、返事をくれたのは店主だ。そしてすぐに運ばれてくるミートボール。

いや、ここメインがミートボールで、席に座ると自動で運ばれてくるんだ。事前に聞いててもびっくりするけどね。ただ焼いたり煮たりするだけでいい手長海老とか貝類とかを、ミートボールじゃ足りない人用に少し仕入れてるんだって。入店した時点でミートボールの注文は決定ってことだね。

少し小ぶりのミートボールにマッシュポテトがどんと添えられ、他にキュウリのピクルス、トマトが載っているワンプレート。俺には普通だけど、最新の野菜が添えられてて、知る人ぞ知る、らしい。

広場に集中しないように、何軒かこういった店を路地に配置しているんだそうだ。住人にも大人気だそうで、昼には早い今の時間でも、カウンターしか空いてなかった。

「この赤いの、トマトだっけ？　ようやく食えた！」

「俺はこのジャガイモ、ナルアディードでも食ったな」

「この酢漬《すづ》けも美味いぜ」

客の声を聞きながら、料理を口に運ぶ。

赤ワインが香るグレイビーソースと、ミートボールの歯応《はごた》えがいい感じ。なお、野菜は普通な模様。

たぶん、ジャガイモはナルアディード経由で他所《よそ》の、トマトは飛び地の、キュウリは島の畑かな？　肉は完全に輸入。

そして待望の手長海老くん。半分に割って、塩を振って焼いただけだけど、島のレモンをぎゅっとやって食べたら絶品でした。殻が少し焦げて香ばしい匂いがしてて、身はぷりっと。ミソをちょい、ちょいっとつけて食べるのもいい。

これに合うのはビールですか、ワインですか？　魚介は白ワインだっていうけど。まだ酒の判断ができない俺です。

割と簡単に幸せな気持ちになって、店をあとにする。島は随分人が増えた。

住人も、観光客も。まだ全部できてなかった宿も劇場も完成したし、住居もほぼ埋まった。俺の要望通り、家の窓辺あたりは花が植えられてるし、水路も含め、掃除もされてる。

基本、島の全ては領主である俺のものなので、住居も貸し出し扱い。まあ、実際全部俺が金出して建てた家だしね。場所によっては、住んでる人も領主のものな世界なんで、領主はなかなかの権力。

住人となった人の家は、広さと用途、水路の利用の場所で、賃貸料という名の税金を取っている。

1軒に住める人数も設定してある。住人募集の数を制限してるし、これは俺の感覚だとやりすぎなんだけど、4畳くらいに折り重なるように住んでたりするのを、こっちの世界で見てきたので……。

いやもう10人以上詰まってるんですよ？　どう考えても不衛生になるし、あんなに密着してたら1人が病気になったら漏れなく全員感染するって。都会の屋根裏部屋怖い。かといって農家の藁《わら》の中に潜《もぐ》り込んで寝てるとかもどうかと。

ナルアディードもね、うちより広いけど、島と埋め立ての土地で狭いから、商会長とか、会計やってる人とかはともかく、使いっ走りとかヒラは割と寿司《すし》詰め。個室という名の戸棚というか押し入れみたいなのを採用しているところもある。４段ベッドが板で囲ってあるみたいな……。

それは置いといて、あとは思ったより希望者が多そうだったので学校も増やした。今のところ子供は半分必須、ここに元々住んでた漁師の人たちとか、大人の希望者も受け入れている。

学校というか、増やした２カ所は読み書きできる住人の家です。老夫婦が昼間に受け入れてくれてる。学校も教える人と生徒の人数に余裕があるようにはしてるけど、合う合わないがあるし、好きな方に通っていいことになっている。

職人とか商売人、働いてる人の家族を優先に、移住許可を出してるけど、老人がいない島というのもなんか歪《いびつ》な気がするし、ちょうどよかった。基本は読み書きと簡単な計算、向上心があればもう少し高度なやつ。無料のお昼つき。

１食分浮くというので、みんな真面目に来てるというか、送り出されてる。職人さんも弟子をとり始めたし、いろんな意味で上手く住人が育ってくれると嬉しい。

『精霊の枝』では引き続きパウロルお爺ちゃんが魔法を教えてるけど、この島では、精霊落しとか精霊のいたずら関係の仕事がほぼないので結構余裕なようだ。余裕すぎるのか、あふん防犯が増えてるんで、俺の歩けるところが減っている。

――精霊関係のいたずらの対処や、魔法を使っての怪我の治療は、今のところは城の関係者だけと聞いた。小さな怪我は、薬師のパメラが対処している。そこも訪れるのは圧倒的に従業員、中でもチェンジリングが多いという。何をやってるの何を。さっき置いてきた菓子で、また怪我人増えないだろうな？

もう移住は締め切ったけど、申請が貴族からも来てなかなかカオスだったようだ。お前ら自分の領地はいいのか！　なお、ナルアディードの商業・海運両ギルド長は高い金を出して、宿屋に滞在している模様。

ただ、宿取ってるのに来られない日も多いらしい。無理しないで、うちの島の料理とか家具とかナルアディードに持ち込んでいいんですよ？　広げるの希望なんだから。なんか島に滞在することがステータスとして確立されてるから、もうしょうがないらしいけど。

島の様子を見ながらそぞろ歩く。メイン通りと広場は人が溢《あふ》れてたけど、路地は場所によって1人、2人とすれ違う程度。これは観光人数も制限してるから。

メイン通りの広場に近い側は店が並び、広場には市場や劇場、高級店がある。でも路地にある店もなかなかいいぞ。ぜひ入り込んで穴場を見つけてくれ。

青い布も順調、野菜も順調、観光業も順調、『精霊灯』はぼったくってる。島の住人の生活も回り始めた感じ。城はまだ石工たちが頑張ってるので、いつ完成するか謎だけど、街はいい感じかな？

よし、明日はわんわんの寝床《ねどこ》がどうなったか、地の民のところにお邪魔しよう。宴会用の料理を仕込まないと。北の大地の市場に行って、度数の強い酒も買ってこよう。

さすがに俺が仕込む量じゃ足りない。出回っているのは大部分が濁り酒だし、なんかこう涼《すず》しくて広いところで酒を作るのもいいかもしれない。

場所とか人の心当たりは、ソレイユよりハウロンに聞いた方がいいかな？　こっち、暖かいというか暑いし。

などと思いつつ、ソレイユにも聞いたら、領地ごと買わないかの話が来てるいくつかを教えてくれた。

その中にシュルムの南側の国の領地もあって、ワインにはいいけど、今きな臭い、と説明された。領地ごと売ってくれる人がいるんだそうで。

レディローザが物資を運び込んでる国ですよ！　これから起こることに備えて逃げ出そうとしてるのバレバレすぎない？　少なくともソレイユにはバレてるよね？　シュルムにもバレてない？

色々突っ込みどころが多くて、とりあえず酒作りの話は保留。

一夜明けて予定通り北の大地に出かける。

料理よし、毛皮で裏打ちした防寒具よし、耳当て付きの帽子よし。銀と金の装飾もほどほどによし！

地の民のところにお邪魔する前に、北方の民たちの交易の島でお買い物です。最初に行った時は黒ローブで浮きまくったけど、今回はそこで買った服と靴だ。

何度かふらふらして買い物のコツがわかった。というか、最初に聞いてたんだよね、銀の腕輪は貨幣の代わりにもなるって。要するに金と銀の装飾品をある程度つけてないと、敬遠されるみたい。

交易の島は中原のものもだいぶ入ってて、金貨銀貨でやりとりしてるんだけど、やっぱりある程度身につけて見せておいた方が、相手も安心するらしい。

そういうわけで慣れない装飾品がじゃらじゃらです。金の鎖に金のコインをたくさんつけたようなネックレスを、長さを変えて3本、指輪が2個、腕輪が金と銀で数本。

準備完了して【転移】、途端に寒い。

ダンちゃんに付き合ってもらうべきだったかと思いながら、市場に紛れ込む。

一番多いのはずんぐりむっくりに感じる髭面《ひげづら》の人たち。太ってるんじゃなくって筋肉なんだよね、厚い布やら毛皮の服でわからないけど。

次に多いのは中原の文化と混じったような服の人たち。こっちは体型も少し細くなる。俺より筋肉ついてそうだけど、一番多い人たちに比べれば。

で、最後に半裸《はんら》に毛皮マントの、背が高くて筋肉ついてて、腕が他と比べて長い人たち。女性もムキムキ半裸なんで目のやり場に困る。

実用第一みたいな布なのに、刺繍《ししゅう》が綺麗。いや、この刺繍も第一に丈夫さを増すためのものなんだろうけど。分厚い布、しかも裏に革付きときては、刺繍にはとても力がいりそうだ。

さすがに全部は貫通（？）してないけど、部分部分では刺繍糸が裏にも出ていて、表よりも簡易だけど裏にも模様がある。

服も天幕も使う予定がなさそうなので、帯だけ何本か買う。壁に飾るか、サイドボードに敷こう。ああ、ソレイユに買っていったら珍しいから喜びそうだ。

アッシュには剣のお手入れセットを。良い砥石《といし》と仕上げ用の鹿《しか》の皮。このあたりは鉄の産地で、剣や槍なんかも売ってるけど、みんな精霊剣を持ってるんで需要がない。

ここは鉄製品が豊富。鉄鉱石も採れるみたいだけど、大部分はオレンジ色の土から作るそうだ。沼鉄鉱、湖鉄鉱とか呼ばれる水辺にある鉄で、北の民に黄金の水とか黄金の土とか呼ばれるんだそうだ。

こっちで見たことないけど、日本のベンガラみたいな色なのかな？　赤錆《あかさび》？

それを焙焼《ばいしょう》して粉っぽくして、薪の上に載っけてまた焼いて溶かして粗鉄にする——と地の民が言ってた。これはこれで水の精霊の影響か、マーブル模様の変わった刃ができることがあるそう。マーブル模様の金属っていうとダマスカス鋼が浮かぶけど、どうなんだろ。

とりあえずオレンジとか赤い土は目立つから、鉱山掘るよりわかりやすいし、手間がないのかなと乱暴な理解をした俺です。場所によっては土が凍《こお》ってそうだけど。

市場をうろついて、よさげな酒をあちこちで購入。1カ所で買うと【収納】がですね……。買い食いに魚の揚げたの。

大きな鱒《ます》っぽい魚を豪快に丸揚げにしてたので、つい買った。内臓を抜いて、両面から1センチ間隔の切れ込みを入れて揚げたもので、売ってくれる時は切れ目のちょうどいいところから、ハサミで5センチくらいに切り分けて4つ入れてくれる。ちぎって食べるんだけど、ほどよい塩味とカリカリ感、白身はふんわり。

さて、酒も買ったことだし、地の民の集落へ。うっかり食べちゃったけど、宴会確定でした。ドラゴンの肉のあとだから、肉のグレードにがっかりされるのではと心配だがしょうがない。

「島のソレイユ、よく来た！」

「歓迎しよう、兄弟！」

「歓迎だ、兄弟！」

ガムリをはじめ、地の民たちが全力で歓迎してくれるので、ちょっと気恥ずかしいような気持ちになる。

「これは差し入れ」

樽酒《たるざけ》と、北の大地で買った瓶酒《びんざけ》、料理を出す。

「おお、宴会だ！」

「宴会だぞ！」

「宴会だ！」

そう言いながら、俺の出したものをバケツリレーのように奥に運んでいく。行き先はいつも飲み食いする広間だろう。黒鉄《くろがね》の竪穴《たてあな》は今日も騒がしい。

どんどん進む酒と料理のあとを、地の民に囲まれてゆっくりついてゆく。最近、地の民の性別がようやく見分けられるようになりました。あと、髭が短いの、これまだ10代なんだなってことも。

「頼んでおいた小屋の進み具合はどう？」

隣を歩くガムリに聞く。

「おう、出来上がるぞ！　島のソレイユに立ち会ってもらおうと思ってな、最後のパーツをつけずに待っていた！」

「待っていた！」

「島のソレイユを待っていた！」

どうやらもう完成のようだ。

「それで相談だが、他の集落の奴らも呼んで、お披露目したい！」

「他の集落の奴らも関わっている」

「道具に！」

「彫刻に！」

「美しい曲線に！」

「磨《みが》きに！」

相変わらず地の民たちとの会話は、輪唱《りんしょう》のように声が広がってゆく。

「いいけど、じゃあ集まる日を決めてくれるか？　小屋を見るのは俺もそれまで楽しみに取っとく」

宴会用に肉の調達しなくっちゃ！　地の民の好みは噛み応えのあるタイプだから、和牛くんはメインに選べないんだよね。

どうしよう？　魔物化したドラゴン狩りに行く？

「おう！　宴会の了承を得た！」

「祭りだ！」

「準備だ！」

「島のソレイユに振る舞おう！」

「いつももらってばかりだからな！」

「たまには我らが振る舞おう！」

「硫黄谷《いおうだに》に声をかけろ！」

「赤銀《しゃくぎん》の谷に声をかけろ！」

「黒炭《こくたん》の洞《ほら》も参加したがっていたぞ？」

「この際、全部呼べ！」

「獲物を持ってきた者は受け入れろ！」

「酒を持ってきた者は受け入れろ！」

「ハーヴグーヴァはどこだ？」

「パフィンの飛ぶところだ！」

「海の怪物を島のソレイユに！」

「海の怪物を島のソレイユに！」

一瞬ドラゴンを狩りに行かなくちゃならないかと思ったが、地の民がお祭りのご馳走を用意してくれるようです。

というか、ハーヴグーヴァって何だ？　今いる部屋より大きな、鱗を持った怪物っぽいものの豪快な丸焼きが頭に浮かんでるんだが。

あと島のソレイユ連呼のおかげで、俺の頭の中でその丸焼きの前にいるのが途方に暮れてるソレイユです。後ろでファラミアが通常営業で給仕《きゅうじ》してるとこまで浮かんだ。

珍しい食材と料理は大歓迎なんだけど、何を食べさせられるんだろう、少々不安だ。

普段はパンと肉、酒！　みたいな素朴というか単調な料理だけど、お祭り用は色々な食材で色々作るみたい。少なくとも海の怪物がメインで入ってくる。うん、怪物。ドラゴンいるし、いるよね？

ハーヴグーヴァは想像がつかないけど、クラーケンはイカなのかエイなのか、ファンタジー世界だからやっぱり怪物なのか考えながら、地の民と一緒に酒を飲んで肉を食べる。

美味しいんだけど、どんどん注がれ、どんどん盛られるから、味わう暇《ひま》がない。地の民たちは自分の体重以上に飲んでる気がする。今日は普通の宴会、次回はもっと人が多くて大規模なはず。メインは地の民に任せるとして、酒の差し入れくらいは考えないと。

考え事してたら、注がれる酒を全部飲んでた。酷い酔い方はしないんだけど、さすがに飲みすぎた！　自分が酒臭いぞ⁉


そして『家』に帰って、リシュに嗅がれるプレイ。

「ごめん、リシュ。酒臭いだろ？」

ついでに暑苦しい匂いもしているかもしれない。なにせ地の民は酔っ払うと肩を組んだり近くにいる相手を叩いたりで引っつきたがる。

見上げてくるいつものつぶらな瞳が、俺を責めているようだ。リシュの頭を撫でて、風呂に向かう。酒に酔って風呂に入ってはいけないんですよね、わかります。

でもこの体は死ぬような状態異常にはかからないので、ちょっとふわふわするけど、それ以上いかない。溺死《できし》の心配もないので、風呂にどぼん。早く匂いを抜きたい。精霊に願えばさっさと抜けるんだけれど、ここは人間らしく甘んじて。

水を飲みつつしばらく浸かっていたけど、ふわふわも消えないし匂いも消えなかったので、諦めておやすみなさい。ひんやりしたシーツに潜り込むと、ふわふわしたまま眠気が襲ってきた。

リシュの頭を手を伸ばして指先で撫で、眠りに落ちる。いい夢を見ますように。

で、一晩経てば二日酔いもなくスッキリ。便利な体だ。

ベッドの隣の籠の中、手を伸ばすとリシュが指先を舐める。

「リシュおはよう」

「さて、散歩だ！」

がばっと起きて、動き出す。

俺もリシュも水を1杯飲んで、日課の散歩——山は異常なし。畑はパル、果樹園にはカダルとハラルファ、水路にはイシュとミシュト、異常なし？　神々がいるのは通常扱いでいいんだろうかと、頭の片隅で思いつつ。

神々はそれぞれ自分の領分のものを愛でるのに忙しそうなので、二言三言話して別れる。ばたばたはしてないけど、愛おしそうに触れたり眺めたりしてるんで、邪魔しちゃ悪そうなんで。

畑と果樹園、水路の水が輝きを増した！　小さな精霊と違って、神々クラスだからだろうか？　漏れ出てる力が洒落《しゃれ》になりません。やめてもらいたいんだけど、ここを気に入ってくれていると思うと言い出せない。久しぶりだからね。

もう今作ってる分の野菜と果樹は、カヌムに持っていくのは諦めよう。……地の民のところと島ならいいだろうか……。

イシュが力を注いだせいか、ミシュトが輝く飛沫《ひまつ》で遊んだせいか、水路の土手にタンポポが一面に花を咲かせている。タンポポって夜は花を閉じて、陽の光を浴びて開き始めるんだけど、ミシュトのおかげか早朝だというのに満開。

一斉に咲いたせいか、柔らかそう。一部なんかガクが黄金がかってる気がするけど、気のせいだ。よし、タンポポ蜜でも作るか。

【収納】から籠を出して、タンポポの花を摘み取る。リシュがタンポポの匂いを嗅いで、くしゅんと鼻を鳴らす。

籠いっぱい採って帰宅。リシュをわしわし撫でて、ブラッシング。引っ張りっこで少し遊んで、リシュのご飯用に水と肉を出す。

タンポポはその間、籠ごと【収納】。リシュとの日課が優先です。よし、俺も朝食にしよう。

焼きおにぎりの焼くだけにしたものを【収納】から出し、味噌汁を作るために火をつける。

えーと。

「おはよう？」

「うむ」

――ヴァン。火の神なのは知ってるけど、台所に出るのは甚《はなは》だしくイメージが違うんでやめてください。せめて向こうの暖炉にですね？　ここに出られるとすごく料理が作りづらい！！！

とりあえず暖炉に火を入れることで解決しました。ヴァンもさすがに場違いさは感じていたらしい。あとで、納屋でガラス瓶でも作ろう。

落ち着かない朝食を終えて、タンポポに取りかかる。まず花を洗うんだけど、ゴミは落として花粉はなるべく残すという難易度の高いミッション。でもこのタンポポは一斉に咲いたばかりなんで、さっと洗えば条件達成。

摘んで洗っても花弁が元気いっぱい綺麗に開いたまま。さすがイシュとミシュト混合の怪しいタンポポ。水とレモン果汁を加えて煮る。煮汁《にじる》が薄茶になったら火から下ろして、冷暗所で明日まで放置。――おい、薄茶にならないぞ？　金色だぞ？　まあいいか。

明日になったら濾《こ》して、砂糖を加えて煮詰める。それでタンポポ蜜の完成。メールに行く時のお土産にしよう。

4章　新しい土地

アミジンに来ています。

マリナの南、竜の手っぽい半島。マリナも入り組んだ地形で爪みたいになってるので、マリナが右手、アミジンが左手って感じ。

結局食料の代わりに土地をもらうことになったので、早速ソレイユたちと一緒に契約に来た。爵位とか面倒なものがついてない土地なんでいいかなって。まあ、急いだのはアミジンの人たちがギリギリな感じだったからだけど。

ギリギリなのに、ギリギリまでよそ者を入れることに喧々《けんけん》諤々《がくがく》やってたみたい。

アミジンは半島だけど、国としてはもっと内陸まで続いてる。巨石の時代に栄えた地だったけれど、大きな岩の精霊が去ってからは人も減って細々と生活していた感じ?

国といっても、昔国だったからなんとなくそう呼ばれているだけで、今はほとんど定住も、個人で土地の所有もせず、遊牧しながら家族単位であちこち移動しながら過ごしているというのが正解かな。

そして家族といっても、大家族というか、一緒に移動する血族全部をまるっと家族って言ってるっぽい。

旱魃の影響で羊や山羊の餌が減り、食料の備蓄——この場合家畜が備蓄だったようだが、それも危うい状態だそうだ。家族の家長が集まって話し合いをし、助けを求めることに決め、求めた先が最終的に青の精霊島だった。

で、かりんとう饅頭《まんじゅう》ちゃんの影響が大きかった海に突き出た半島の海沿いで、手の部分をまるっと、小麦の代わりにもらう話だ。

ソレイユなんて、大きな船が入れる深さの湾が欲しくてしょうがないのに、遊牧の民は海の必要がないらしい。

もっとも、過去にナルアディードから溢れた商人たちが、頑張って港を作ろうとして上手くいかなかったそうだ。大きな岩の精霊がいなくなってからは崩れやすくなったみたいで、海辺に色々建てられなかったらしい。

そもそも、巨石文明時代の城が海に面したところにあったのに、がぼっと崩れて海の中に沈んだそう。で、崩れたせいで、ドラゴンの手みたいな地形に変わった——というのは、精霊図書館調べです。

本で調べただけではなんなので、現地の方に聞いてみましょう。アミジンの石の精霊さん？

『僕ねぇ、火に焼かれるのよ』

『僕たちねぇ、火に崩れるのよ』

『僕ねぇ、木に穿《うが》たれるのよ』

『僕たちねぇ、木に割られるのよ』

『僕ねぇ、風に溶けるのよ』

『僕たちねぇ、粉になるのよ』


現地からは以上です。

変な遊びは置いといて、ここでは巨石の時代、火の時代、木の時代、風の時代っていう推移かな？　でも他の場所より弱体化というか、瓦解《がかい》が酷いな。いや、それも人間の感覚で言ってなんだけど。

カーンの国といい、栄えてたところが徹底的に平《たい》らげられてる気がする。栄えてたところは、その時代の精霊の力が一番強かったところ、で合ってるか？

「では、遊牧は竜の手のひらの中心までで、あとの竜の手はこちらで自由にさせていただきます」

ソレイユが言う。

契約のために来ている場所は、その手のひらの中心。

白っぽい石の上、白茶けた草原が広がっているアミジン。きっと旱魃前は緑色の草原だったんだろうけど、ほとんど枯れてしまっている。

風の吹くその草原の真ん中で契約を交わしてる。なかなかシュールな気がするけど、アミジンの人たちは遊牧の民、もう移動できる住居は引き上げてしまったあとだ。

「うむ。アミジンに住む、家族という家族、その取り決めに従う」

家長の代表者が契約書にサインして血判《けっぱん》を押し、次いで発言権のある家長に回してゆく。血判という時点で遠い顔になってる俺です。

なんか掟《おきて》とか厳しそう。掟が厳しいのは、自然が厳しくて、生きていくのが大変だからってわかるんだけど、俺はゆるく生きたいです。

というか、ソレイユ慣れてない？　傷つけた指を消毒するためのアルコールを、清潔な布ともども回してるんですけど。

戻された血判状……じゃない、契約書をソレイユが確認し、俺に回してくる。契約書はアミジン側の様式。俺も血判しなきゃダメ？　そういえば猫船長も血判だったな……。すぐに治るんだけど、嫌なものは嫌という。

でも雰囲気的にやるしかなさそうなんで、ぴゃってしてべってして、すぐ治した。

「おおお……」

　そして出てくる何か。知らない精霊なんですぐ消えた。

「あの姿は我らが血の精霊……」

「語り部の語る、薄れた古き記憶が蘇《よみがえ》ったぞ！」

「我らの地を、よそ者に明け渡すことに、反対したのは撤回する！」

「我らの地と血が、受け入れている」

「なんということだ」

「この目で見るとは……！」

　なんかアミジンの人たちにとって、特別な精霊だったようだ。やっぱり自分たちの土地に他の人を入れるのって、反対する人はいるよね。契約まで漕《こ》ぎ着けても遺恨《いこん》は残りそうなこう……すでに解決したっぽいけど。

「えーと。よろしくお願いします？　よければこれからも交流してもらえれば。落ち着いたら、竜の手のひら《このばしょ》に定期的に市を立ててますので、固く考えずに覗きに来てください。まずは小麦かららですね」

　にっこり笑って言う。

　余裕がある時は、マリナやナルアディードから定期的に商人が来て物々交換していたが、早魃が酷くなってからは、途絶えてしまったそうだ。外からは主に食べ物、アミジンからは織物と刺繍、鹿と狐《きつね》の毛皮。

食べ物持ってきますので、ゆるくお買い物交流でお願いします。

「約束の小麦はそちらの麻袋です、開けて中身をお確かめください。それと塩と砂糖も用意しました、こちらは今日の約定を祝ってお贈《おく》りいたします」

ソレイユが言うと、アウロと時々見かける従業員が、荷にかかっていた布を取り去る。

ちなみにメール小麦です。もう、普通の小麦との交換が間に合わなくなってきたので諦めました。メール小麦とバレなそうだし、ただの小麦ってことでひとつ。

ソレイユ、余裕そうに進行してるけど、港が作れないもんだから、実際には頭を抱えてるんだよね。とりあえず土地の造成は俺がやるつもりでいるんで安心してください。

ここで酒、酒を作りたい。葡萄か、サトウキビか——度数の高い酒希望です。いやもう、次の地の民との宴会には間に合わないけど。

で、ソレイユたちと一旦島に帰ったあと、またアミジンに今度は1人で来ました。早速精霊たちの様子を見ながら、まずはなんでこんなに崩れやすいかの調査。

『はい、はい、石の精霊さん踏ん張って踏ん張って。すぐに横にならないでください』

ここの石の精霊、なんかふんにゃりしてやる気がないというか縦になる気がない。石の精霊って立ち塞《ふさ》がって動く気がない！　みたいな雰囲気が多いんだけど、ここの精霊は別の意味で動く気がないな？　働く気がないというか。

いや、精霊ならそれでいいんだけど。この状態って、どんどん変化して完全に別の精霊になってしまうか、『細かいの』になって消えてしまうか。精霊によっては消えてしまうことも全く気にしてないんだけど。

でも人間の感覚だと、なんとなく寂しい。そして勝手だけど、ここの海岸線が崩れてくのがとても困るんです。ぜひ頑張って！


『僕ねぇ、海に行きたいの』

『僕たちねぇ、海に崩れたいの』

『僕ねぇ、白い女神の腕に行きたいの』

『僕たちねぇ、白い女神の胸に抱かれたいの』


誰ですか？

『その白い女神ってどこにいるの？　海の中？』
『僕ねぇ、知ってる』
『僕たちねぇ、覚えてる』
『僕ねぇ、白い女神が崩れていったのを知ってる』
『僕たちねぇ、行きたいのは海の中だよ』

喋りだした精霊たちの声と音に耳を傾ける。声にさらさらと砂の流れるような音が混じる。今ある白い崖《がけ》まで崩れてしまいそうだ。

白い女神、巨石の文明の時代にここにいた精霊とかかな？　そしてまた海中ツアーか。慣れたもので、また大気の精霊に頼んで、とぷんと海の中。

そしてやってきました海中城塞！　……そこは神殿じゃないの？　なんかごついんですけど。そうね、ルフの時代の遺跡は優美だけど、巨石の時代とか火の時代の前半あたりの遺跡は質実剛健というか、なんか四角いよね。喧嘩っ早くて戦争も頻繁にしてたみたいだし。

本で読んだ知識だけだけど、今の中原みたいに色々小細工して攻め込むとか、罠《わな》に嵌《は》めるとかではなくって、「お前、この土地寄越せや、嫌なら今から攻め入るぞ？」って宣言してから戦い始めたらしい。

正々堂々というより、そこで見せつけた兵力で、相手が戦わずに要求を飲むのが一番いいみたいな感じ。力で奪うことは罪だとか後ろめたいことではなかった時代だ。

なので建物も基本ごつい。信仰してる精霊の種類にもよるけど、ここはごつかった。白の女神ってことで、もう少しこう別なのを想像したんだけど。崩れてる石も一つ一つが大きいし、曲線というものが皆無。崩れずに残っている部分も直角！　直線！　みたいなこう……。

『白の女神さんいますか？』

『いるよ』

誰か知ってるかと呼びかけたら、まさかの返事。たぶん本人？

声のした方に移動すると、崩れた城塞の石に半分埋もれるようにして真っ白で大きな精霊がいた。――マシュマロでできた土偶《どぐう》？　目鼻はないけど、なんか白くてふくよかな感じ。

『こんにちは。石の精霊……だよね？』

『そうさ。でも違うね、石壁に白い石で描いた絵さ』

肯定しておいてからの否定！　でも微妙か、絵とはいえ、描かれたのも描いたのもどっちも石だ。

『地上にいる石の精霊たちが、あなたを恋しがって崩れそうなんだけど、何か崩れない方法ある？』

ここはダイレクトに聞く。

『私の古い眷属たちは、私と同じく消えたいのさ。私は消えたくないけどね。だから私を引き上げれば崩れないよ』

この大きなのを引き上げる……自分で起き上がってくれないかな？　いや、でもこれなんで埋もれてるんだ？

『もしかして本体が埋もれてるのか？』

『そう、崩れてね。もう本体ではないけれど、失せたら私を作ってるものも弱くなって消えそうなのさ』

それは本体って言わないのか？　色々謎すぎる。でもまあ、引き上げれば脆《もろ》い石問題も解決しそうなので、引き上げる方向で。

まずは白い女神を埋もれさせてる城壁の石の精霊から。

『えー。みなさん、そこからどいてもらえますか？』

『『はりつきたい』』

……。

胸に？　腹に？

『別なところじゃダメか？』

一斉に返ってきた答えに困惑しつつ聞く。


『どこでもいい』

『ハマるところがいい』

『『はりつきたい』』


張りつきたいのはわかりました。

『じゃあ、海水と波の精霊、大気の精霊、そして君たちに俺の魔力を分けるから、白い女神以外で張りつきたいところに張りついてくれないか？』

どこがハマるのかわからんけども。

今は崩れて半分はばらばらだけど、元は石同士を組んで作ってあるものだから、組み上がりたいというか、石同士くっついて、ハマりたいのかな？

『わかった』

『願った』

『ハマった』

『♪』

『転がすよ～転がすよ～』


城壁の石の精霊が了承の返事をした途端、様子を見ていた精霊たちが一斉に動き出し、俺の魔力を少しずつ掠《かす》めながら楽しげに作業を始める。

『すみません。待って！　そこならせめて少しずつに！　ゆっくりに！　一度にそれはあああああ！！！！』

どこに張りつくか聞かずに言ってしまった俺の責任かこれ？

崩れた城壁は、今まで崩れていた白い石と合わさり、逆回しのように半島に戻ってゆく。いや、礫《れき》だったよね？　くっつくの!?　さざれ石どころじゃないぞ！　あと結構魔力持ってかれてる！

待って、待って！　さすがに一夜にして城塞が出現するの困る！

困るって言ってるのにもう止まらない。次々と海中から地上に戻り、あれよあれよという間に崖に張りついたような城塞が出現。

上手く組み上がらなかったらしい美しいモザイクの床が、半分海に沈んで波に洗われている。ターコイズの海が綺麗ですね。

よし、隠蔽《いんぺい》しよう！

『ありがとう。お疲れ様、ついでに大気の精霊さん、光の精霊さん、海の精霊さん、近づかないと見えないように隠蔽お願いします』

さすがに派手《はで》すぎる。

これ、テルミストの島から見えるだろ？　いや、島の中の街から見えなければセーフか？　こっち側に船着場《ふなつきば》とかあった？　とにかく隠蔽です！

ここに来る人？　大丈夫、ここは元々こうです。元々あったんです。ここ最近近づく人がいなかったから気づかなかっただけです。

……。

理由はソレイユに丸投げしよう。現地の精霊に受け入れられたら、城も見えるようになったとか適当な理由があるだろう、たぶん。

組み上がった城塞に近づくと、あちこちガタがある。長い年月波にさらわれて、なくなってしまった石もあるのだろう。あと、古い時代の建物なので、生活の快適さは考えられていない気配。

技術もなかったろうし……って、なかったらこんな崖に張りついた建物は作れないか。四角いのは趣味？　下の方についているいくつか並んだアーチ型が、かろうじて曲線でチャームポイントかな。

『って、傾いでるの気になるんで、もう少し上がってくっついてください』

海に半分浸かってたアーチ部分というか、建物全体が、斜めに持ち上がって真っ直ぐになった。

で、城塞の下の部分。アーチが並んで口を開いてるのって、装飾じゃなくって、もしかして船着場？　巨石の時代の船は小さかったんだなきっと。船が大きくなったのは風の時代っぽいし。

うーん。内海のさらに湾の中は、波がほとんど立たないし、あっち側に船の接岸用の岸壁を作ろうか。船縁《ふなべり》と同じ高さに崖を掘って、縄梯子を使わなくても乗り降りできるやつ。

猫船長の帆船くらいは入港できないと、荷を運ぶのに不便なことは島でよくわかっている。さっきまでは崩れた石で浅い海だったけど、今は深いし。

――乗降や荷積みがしやすい作りは貿易にはいいけど、守り的にはどうかな。キールがすごく嫌がりそうだ。隠蔽してるからセーフだろうか。

船縁って、荷物の重さとかで高さ変わるよな？　日本のことを考えても、クレーンでコンテナ吊ってる映像しか浮かんでこないや。こっちも木製クレーンみたいなのはあるけど、あれを設置すればいいのかな？

島の城を作ってる石工さんに聞いてみよう。石を持ち上げるのに使ってたから。まあ、滑車《かっしゃ》つけて人力で綱を巻き取ってるだけな気もするけど。

竜の三本指、向かって左側の指が、城塞が戻ったところ。大体付け根のあたりまでは城塞。真ん中の指の左側に接岸用の場所を作る。そういう方向で。

右の指の方はどうなってるんだろ。海の上を、大気でできた球体に包まれたまま移動する。

こっちは完全に指の間が砂浜です。左の指と真ん中の指の付け根も少し砂浜になってたけど、細かく砕《くだ》けた岩がそれでも戻ってきた結果、砂が集まったのか？　最初はどっちの海底も崩れた白い岩とかでごつごつしてた気がするんだけど。

戻った石と城塞で、どっちも指が短くなったし。

まあ、岩壁はもう崩れる気配はないし、これはこれでプライベートビーチっぽくっていいね。

西側と北側の手の甲（？）の部分も崖だ。海から切り立ってるけど上の方はなだらかな丘から続く段々。曲線といかないのは、ここもたぶん何度か崩れてるからだろう。こっち側の石の精霊たちも、今は崩れる気配はないのでよし。

半島全体の外観を確認し終え、船着場っぽいアーチから城塞の中に入る。やっぱり船着場かな？　これはこれでいい感じなんで利用する方向で。

階段を上がって上へ。階段狭いなあ――ああ、はい、上に熱湯を落としたり矢を射かけたりする穴があるね、階段が狭くて急なのも、敵を迎撃《げいげき》しやすいようにわざとか。荷下ろしには向かないな。

あ、もしかして軍船だった？

色々想像しながら中を見て回る。分厚い石壁、太陽の熱を嫌う小さな窓。むしろ全部矢窓かこれ、みたいな。

石で区切られた小さな空と海を眺める。海の先にはテルミスト。精霊図書館の管理の坊さんに様子を聞いたら、テルミストにある街はやっぱり水も食料もだいぶきついって。

ソレイユの話では、この半島寄りはレースの取引で訪れる商人がいて、金じゃなくて今は食料と交換って話だったけど。あとで食料持ってレースを買いに行ってみよう。

まだ黒く濡れている床と壁、天井からも時々海水が滴《したた》ってくる。城塞の中は床も板じゃなく石なんだ？　と思ったら、崖側をくり抜いて部屋が作られており、なんというか海側のほぼ壁だけが石積みだった。床も部分的に穴あきなので、補修しないと。

……島の城塞は床が木製で落ちてたんで、板でまた床を作ったんだけど、こういう場合はどうしたらいいんだ？　石で埋めるの？

『すみません、ちょっとこっちに移動してくれる？』

コンコンと壁を叩いて石の精霊にお願いして解決。石で埋めました。

床を埋めながら確認。いるのはなんだ？　受付と受付の人が休む部屋、荷捌《さば》きの人の部屋、荷を入れる倉庫、食堂。あとトイレと風呂。

とりあえず排他的な印象がばりばりなので、少し窓を大きくしたり、明るい印象に改造しよう。排他的な印象も何も隠蔽してるけど。隠蔽が解けて現れたのが、この無骨《ぶこつ》な城塞じゃ、殺意が高すぎるのでは。

あ、改造する前にハウロンに見学してもらったら喜ぶだろうか。遺跡とか好きそうだよね、ハウロン。

でもそれは俺のほっぺたの人権と引き換えになる可能性。このまま隠蔽で――ダメだ、ハウロンにはソレイユを紹介済みだった。隠しきれない何か。

ハウロンに見せるか見せないか、それが問題だ。どちらがマシだ、非道なる運命が浴びせる矢弾を――ハムレットごっこに突入しようとしたら、明らかに今までの雰囲気とは違う道を発見。

道というより洞穴《ほらあな》。上がって、下がったから、海面近くな気がする。これはあれか、白い女神の本体がある場所に続いてるのか？

どう考えても白い女神という大物の本体がありそうだが、大丈夫。怖くないです、やらかしはありません。もう白い女神には魔力持ってかれたあとなので、見に行っても今さら何が変わるわけでなし。

全体的には滑《なめ》らかというほどではないけれど、濡れて部分的に滑りやすい自然窟《しぜんくつ》。酸素的な問題は、さっき組み上がったばかりなので空気が新しいから平気。この辺の地形で有毒ガスってこともないだろう。

『エクス棒』

『はいよ、ご主人！』

『今度は洞窟《どうくつ》です』

『つつくには穴が大きいなあ』

ちょっと残念そうなエクス棒、ウサギ穴くらいがちょうどいいよね。

洞窟の中は完全に外からの光が入ってこないので、ライトの魔法を増やし、洞窟内を進む。

——一応、精霊に頼んで、おかしかったら声をかけてもらうようにする。地形からして平気でも、精霊からしてダメなことのある世界だ。

『おおう、つるっとするぜ！』

結構エクス棒は楽しいようだ。

杖で言うところの石突《いしづき》でついて歩いているのだけど、滑るところと引っかかるところの落差がいいようだ。

うねった地下の道を進んでいくと、途中明らかに人の手が入った跡。というか、手形をつけるのやめろ、怖い。赤黒いというか茶色いというか、動物の血か何かだよね？　まさか人の血じゃないよね？

周囲から何かの共鳴に似た音が返ってくる。ここの精霊は言葉はないけれど、人の言葉を理解する。そして洞窟に響く音で語りかけてくる。でもふわんふわんする音はどこか恐ろしくて

――

え？　塗料《とりょう》が余ったし手についたから、ぺたぺたしてた？　獣脂《じゅうし》も混じってるけど、元はベリージュース？

『わははは！　オレもちょっと参加したかった！』

塗料があったら壁に手形をぺたぺたしてそうなエクス棒。

洞窟の手形の精霊の自己申告によって、呪術的な何かから一気に子供のいたずらまでイメージが変わった。怖くなくなったけど微妙な何か。

精霊自体は、長年の人間の信仰というか俺と同じような思い込みで、ちょっとだけ怖い存在に変質してるみたいだけど。そのあとさらに長い年月、人の訪れのない海に沈んでたせいで、元の無邪気さも取り戻してるのかな？

どっちにしろ怖いのはこの奥を荒らす存在に対してなんで、すでに白い女神と契約状態な俺には無害。

天井になんか牛だかバッファローだかの絵。弓を持つ人の絵。山羊の絵。踊ってるような人の絵がいっぱい。その絵そのままの精霊が絵から離れて駆け出す。

『オレはエクス棒、よろしくな！』

俺とエクス棒を掠めていく精霊たちに挨拶《あいさつ》を返すエクス棒、俺は次々に寄ってくる精霊たちに名付け中。

それにしてもどうやって描いたんだ？　天井に描くのって大変だと思うけど。ミケランジェロの天井画？　我反り返るはシリア人の弓の如《ごと》し？

ああ、昔は天井が壁だったのか。巨石の精霊が滅びる時に、いっぱい身を震わせた？　なるほど地殻変動したのか。巨石の精霊は結構派手に散ったらしい。アミジンの人たちが少ないのも納得だ。

奥に進むと床から生えてる巨大な八角形っぽい岩。この島の石、周囲も白っぽい石なのに、この石は濃い灰色。

『探検終了か、行き止まりだぜ』

エクス棒の言う通り、洞窟はそのすぐ先で終わっている。八角形は石壁をバックに合わせ目をこっちに向け、見えている左右の面の片方にはふくよかな白い女性が描かれ、さらに一つの面には、手形と同じ色の弓を持った女性像。

どっちも波で少し薄れてる。


『やあ、来たな。私の主《あるじ》。おかげで消えずに済んだよ』


白い女性の絵が膨《ふく》らんで八角形を包み込み、海の底にいたマシュマロで作った土偶みたいな女神が現れる。

ふくよかだし石の精霊だけど、司ってるのは豊穣系なのかな？　石に石の顔料で描かれたって言ってたし、司ってるのは本質である石と描いた人の願いだろう、たぶん。

『俺は俺の都合でそうしただけだけど、無事で何よりだ。でもだいぶ薄れてるな』

色々これからここに植えるので、頑張って欲しいところなんだが。

『大丈夫さ。これ以上薄れるには長くかかる。今はさらっていく波もないし、上を転がる何かもいない。でも、私を生み出した血族の末に、白き石と液果《ベリー》を運んでもらいたいね』

『血族……眷属じゃなくて？』

白き石と液果は塗料の原料のことだろう。でも血族？

『私を描いた人間の遠い成れの果てのことさ』

『この場所に住んでた人たちのことか』

成れの果てって言われると微妙だけど、アミジンの人たちか。

『そう、私に豊穣を望んで生み出した者の血の末』

そう言ってもこもこと姿を変える白い女神。

内から滲《にじ》んだ濃い茶色が、全体に行き渡ってグラマラスな黒髪美女に。刺繍の入った服と白い貝の腕輪がよく映《は》える茶色の肌、弓を持つ手。

『あれ？　契約の時に会った？』

『ああ。どっちも私さ』

血判押したら一瞬出てきた、アミジンの血の精霊だか女神だか。

『この私は狩りと採取、白い私は農墾《のうこん》。血を継ぐ者たちはまた放浪してるみたいだから、私の方が白い方よりはっきり存在できるね。ただ、物の本質も願いの本質も変わらない、私はどっちも石の精霊で豊穣の女神さ』

『土地を豊かにするには、前にここに住んでた人たちの血族に塗料の材料を持ってきてもらえばいいんだ？』

『簡単に言うとそうだな。そうすればまた信仰も戻るし、私も力を取り戻す』

なんか、俺たちは外のもんに踏み入られたこの土地には二度と来ねぇぜ！　もしくはよそ者はいつか追い出す！　みたいな雰囲気だったけど、契約の時に劇的に態度が軟化したし、頼めば運んでくれそうではある。

それにどうやら定住も可だった人たちみたいだし、牧畜しながら畑も手伝ってくれないか聞いてみよう。

地の民との宴会準備は、ソレイユにはなるべく度数の高い酒の手配をお願いしてあるし、俺の手が空いているうちにさっさと改造してしまおう。

アミジンの人から女神がいる聖地だから開発をやめてくれとか言い出される前に、整備してしまおうという姑息《こそく》な方向。代わりに違う土地と言われても、奥の方は当然ながら海がないからね。

城塞とは違うところから、女神の描かれた石の場所まで行けるトンネルを掘って、住み分けでいけないかな？　と。血判状があるから、アミジンの人にはもうどうこうできないんだけどね。

港については使う人に使い勝手を聞こうと、猫船長に精霊経由で伝言を頼んだ。使うのは帆船に乗ってる人だよね。まずそっちを整備してからかな？

色々確認を済ませ、山の『家』に【転移】してリシュと遊ぶ。ルゥーディルの視線は気にしない。目を合わせないのがコツです。

夕飯は鹿肉カレー。ジャガイモ、ニンジン、玉ねぎ、肉は大きめ！　一瞬の噛み応え、繊維《せんい》状に崩れる肉。カレースパイスの匂い、味！

富があっても買えないカレールー。野菜も香辛料も原種状態のものがあるけど、ルーは頑張っても手に入れられない。俺のように精霊の力を借りて品種改良しても、『食料庫』の野菜というお手本がなければきっと時間がかかる。

小麦やら玉ねぎやらはあるし肉もあるから、三食がパンと肉、焼き野菜かスープで平気っていう人以外、この世界に転移ってキツそう。時々姉たちにザマアミロって思う俺です。それくらいの性格の悪さは許されたい。

リシュに水と肉を出し、ルゥーディルにワインと玉ねぎの焼いたやつをそっと出す。

果樹園も畑も、リシュに穴掘りを少し頼むべきだろうか。ルゥーディルの好みはワインだったんで、イシュの塩ほどのインパクトではないんだけど、神々にも食えるものを増やしてもらいたい。

カレーで景気づけした翌日、カヌム――は留守だったので、カーンの国。

「水車の調整は、今度は上手くいった？」

「はい、今度は問題なく。メール小麦は、やはり中原風のパンがいいようですね」

「移住して間もないし、ちょうどいいわ。食べ物までがらりと変わるより、しばらくは膨らむパンで。でもここで収穫できるのは膨らまない小麦でしょうから、最終的な設備は平焼きのつもりで」

目当てのハウロン発見。俺の知らない人、たぶんこの国の運営に関わる人と話し中。カーンも同じ部屋で石の台座？　机？　に向かって、難しい顔で図面を見ている。

カーンの見てる図面は、街の見取り図かな？　ハウロンの方は、どうやら小麦を挽《ひ》く場所と、パンを焼く場所の話らしい。中原やメールの小麦は膨らむんだけど、このあたりで採れる小麦はあんまり膨らまない。タンパク質が少ないとかだっけかな？

なので、ピタパンとかチャパティとかみたいな平たいパンになる。カーンは中原風というか、エスで流行った膨らんだパンが好きなんだけど、故郷のパンはアイシって呼ばれた平べったいパンなんだそうだ。

「こんにちは」

「あら」

人がいなくなったところでカーンとハウロンに挨拶。

「こちらに来るのは珍しいな。どうした？」

カーンが顔を上げて聞いてくる。

カヌムの方がみんないるからと、単純に行き慣れているから。あとここ暑い。

「そろそろ出来上がってくるんで、わんわんハウスの搬入《はんにゅう》の相談」

勝手に設置してもいいけど、この国の守護神だし。

ハウロンにアミジンの遺跡を見るか聞く用事もあるけど、たくさん人が絡む方をまず段取りたい。

「……」

「……」

なんかなんともいえない顔をされたけど。

「嵐と戦を司る我が国の守護神、できればアサス様も含めて民に披露目をしたいが――」

悩ましい顔のカーン。

名前を言っちゃいけないあの人みたいな扱いだな、わんわん。

「ネームプレートを別に作っておいて、搬入後にハウスに掲げる完成パフォーマンスとかする？」

神社の鳥居とか山門に扁額《へんがく》を掲げるみたいな感じでこう……。扁額は簡単に言うと、看板。建物の名前や、創始者の思いを書いたりする。

「……もう取り繕わない……何をどうしても犬小屋にしたいのね……」

ハウロンが弱々しい声で呟く。

「決してそんなつもりはないんだけど、イメージが引きずられてるのは認める。でもきっと地の民が張り切ってるんで、荘厳な出来上がりになると思うぞ」

「……」

「……それはそれでどうなの。アサス様の台座との対比が——いえ、アサス様の台座も美しいのだけれど」

台座はすごいけど載ってるのは丸太から顔が出てるアサスだしなぁ。

「神殿は神聖不可侵ってことで、王族と神官しか入れないようにしたらどうだ？」

お披露目は諦めて。

「賑やかに祀《まつ》る方がいいのか、静謐《せいひつ》を望まれるのか、二柱に伺《うかが》いを立てる」

カーンが目頭を揉《も》みながら言う。

「アサス様が司る力を存分に発揮され、その豊穣に満たされればきっとお姿も元に……。我らは加護をいただきつつ、隅々までお力が行き渡るよう整えていけば」

カーンの方を向いて真面目なことを言うハウロン。

「アサスがあれって、わんわんに細切れにされて力を落としたのもあれだけど、決定打はエスが上下半分に分けて、半分持ち帰ってるからだから、返してもらえない限りアサスの『お姿』は難しいんじゃないか？」

エスは絶対返さないと思うし、あのままだと思うけど。

たぶん本人にも強烈に焼きついてるイメージだから、あの姿なんだと思う。それとも力をつけたら、アサス本人も丸太への封印とか細切れとかのイメージから抜け出して、姿を変えるかな？　やっぱりエスが忘れさせてくれない気がするけど。

「せっかく誰もが姿を見られるほど、古くて強大な神々なのに……っ」

石の台に縋《すが》りつくように顔を伏せるハウロン。

安心して？　アサスの姿に関しては俺の責任じゃないよ！

「こんにちは、わんわん、アサス」

そういうわけで、わんわんにハウスがそろそろ届くことを知らせ、２人に祭りみたいにするかどうか聞くために地下神殿に来た。ひんやりしていて涼しい。

「うう、古き神々に気安すぎるわ……」

ハウロンが後ろで呻いている。

「来たか、人間！」

床で伏せていたわんわんがこちらにやってくる。

「人間、エスをなんとかしろ！　隔日で来る！」

アサスがガタガタ言ってる。

「色恋は元々不得意だし、人の恋路を邪魔すると馬に蹴られそうなんで、自分でなんとかしてください。わんわん、これお土産」

ちょっと肉がこびりついたドラゴンの骨です。

「む、わんわんに捧《ささ》げものか！　よいぞ、受け取ろう！」

嬉しそうに骨を咥《くわ》え、齧り始めるわんわん。

「待て！　愚弟《ぐてい》にだけか!?」

ガタガタアサス。

「アサスの好物知らないぞ」

「魚だ！　魚を捧げるがよい！　いつか我が体を食った魚ならばなおよい！　我が体が戻れば

なおよい！」

ちょっとアサスがガタガタ言ってることがえぐいんですが。

「まあいいけど。焼いたやつ？」

「蒸したやつだ！」

「……これでいい？」

たぶん椰子の葉で包んで蒸し焼きとかそっち方面なんだろうけど、俺が今持ってるのはシャケのちゃんちゃん焼きだ。

ガタガタ言ってるのが台座の上なんで渡せないんだけど、出したら細い植物の蔓《つる》が伸びてきて、ちゃんちゃん焼きを持ってった。

「む、うまい！　次回はエスで獲れた魚を持つがよい！」

そう言うと、あとは黙って食べ始める。

「……アサス神……嵐と戦の神…………」

カーンの声が沈痛！

「今日来たのはわんわんの家――台座が出来上がったんでお知らせ。運び込む時、お祭りする？」

「わんわんは静かな方が好きぞ。ただ、外で騒ぐ分にはよい。漏れ聞こえる程度の楽《がく》と、愉快な声は好きだ！」

わんわんが骨を齧りながら答える。

「そろそろエスの溢れる季節が巡《めぐ》る。陽の光を我に当てよ。さすれば芽吹いた苗は育つであろう」

アサスは明るいところに移動したいようだ。

「だ、そうです」

「……わかった」

頷くカーン。

「地上の神殿の整備も終わっております。そこに嵐と戦の神の台座を設置して、アサス様の台座を運び込み、神殿をお移りいただきましょう。お移りいただいたあとは神事《しんじ》として、街の者全員で、神殿の前の広場で酒宴《しゅえん》を張るのでよろしいでしょうか？」

ハウロンが改まってカーンに尋ねる。

「そのように計らえ」

「はい」

軽く頭を下げて返事をするハウロン。

国に関することの確認は、時々堅苦しくなる。

でも地の民が地下神殿《こ》《こ》に入ってきたら絶対騒がしくなるし、地上の神殿に設置してからわんわんたちに移動してもらって、外で騒ぐのはいいな。ただ、地の民がここの暑さに耐えられるか謎だけど。

でも設置までは自分たちでやりたがるだろうし。

「こうしてはいられないわ。神殿の飾りつけと、酒宴の手配をしなくちゃ。でもエス様の訪れもあるのよね？　絨毯やクッションの類《たぐい》は持ち込めない……。そうすると花かしら？　この国に花はまだ少ないわ。旱魃の影響の残る内海周辺も。それ以上に手を伸ばすまで伝手《つて》がないわ——ジーン、ソレイユに頼めるかしら？」

考えをまとめるためか、ぶつぶつ言ってたハウロンが俺を見る。

「大丈夫だと思う、花は島にあるし。でも急な依頼は割増取られるぞ」

俺の塔にある風呂の周りの薔薇《ばら》やらを切ってもいい。

酒は小麦の代わりになんとかいう神殿から買う話をしてた。これを機会に、俺が頼んだ量よりだいぶ多く取引するって。売り先はまだ決まっていないはずだ。

「初めての神事ですもの。ここまでみんな頑張ってくれたし、慰労《いろう》の意味でも少し贅沢《ぜいたく》しましょ。多少かかっても構わないわ」

笑顔のハウロン。

「建国の祝いでもあるか。それなれば最初だけ姿を見せてやろうぞ」

食べ終えたアサスが言う。

話、聞いてたんだ？

「愚兄《ぐけい》だけでは寂しかろう、なればわんわんも参加するぞ！」

骨から顔を上げて言うわんわん。

「感謝いたす」

「二柱の神の御心《みこころ》に、感謝いたします」

頭を下げる２人。

柱に顔だけのアサスと、わんわん降臨か。ベイリスとシャヒラの方が絵面よくない？

「この国に王の枝があるだろう？　神事の時に祝福を授《さず》けようぞ」

「人間の枝だろう？　わんわんもしてやってもいいぞ！」

えーと。この場合の枝ってカーン？

そう思ってカーンを見たらすごい顔してた。ハウロンは俺の腰のあたり――エクス棒を見てるけど。

それはそうと、宴会が２件続くことが確定した俺です。

地下神殿をあとにして、地上の神殿を見学中。そしてハウロンの飾りつけの希望を聞いている。

地上の神殿も砂に埋もれてたやつなんで、火の時代のもの。石造だし、どっしりした建物だけれど、規則的で美しい。床には新しく削った跡があって、これエスの通る溝《みぞ》なんだろうな、みたいな。

小高いところにあるのに、水《エス》が来るのを疑っていない上に、被害を最小限にする努力の跡が。カーンは平気だけど、ハウロンの服はずるずるしてるから水を吸って大変なことになるしね。

かといってハウロンがカーンと同じ格好をしたら、どうしていいかわからない。

「ここに花と水盆《すいぼん》……いえ、エス様がいらっしゃることを考えると、このあたりは水で満たされるのかしら？　花が流されないための盆ね。いらっしゃっても、いらっしゃらなくても、いいような配置で——花は見栄《みば》えのするものを40束ほどお願いするわ」

どう飾りつけするか口にしながら、必要なものを俺に伝えてくるので、俺は図面に丸を書いて要るものを書き込んでる。

「ああ……ここからあちらまでの柱に1本につき2つ、篝火《かがりび》のための飾り台を作ったのよね。薪もお願いしたいわ、外の宴会でも使うから多めに。——砂漠のブッシュではとても足りないわ。椰子もまだ育っていないし……」

ブッシュというのは、根元から細い枝がたくさん生えてる低木とか草。暑いし水はないしで木々は大きくなれない。椰子の木の皮やら殻の繊維っぽいわしわしはよく燃えるんだけど、国を興してというか、エスが蛇行《だこう》してからまだそんなに経ってないからね、育ってない。

ここには、ココ椰子やらパーム椰子やらナツメ椰子やら砂糖椰子やら、たくさんの椰子を植えている。砂糖椰子からはグラメラという樹液を煮詰めたココナツシュガーが採れるんだって。ココ椰子の花からも作るらしいけど。

オイルも採れるし、お酒もできるし、繊維も使えるし、万能よ！　というのがハウロンのセリフ。

「細かいところは全部お任せするけど、ティルドナイ王のイメージを強調してちょうだい」

カーンのイメージ……。

モテ男？

「ちょっと、不穏な顔しないでちょうだい」

顔に出てましたか？

「可愛くなりすぎないようにとは伝えておく。というか、面倒なんでソレイユ連れてきていい？」

俺にコーディネートのスキルを求めないでくれ。

「気軽、気軽すぎる……っ！」

頭を抱えるハウロン。

でも伝言ゲームで齟齬《そご》が出るより、直接やりとりした方がいいよね？

「あとついでに猫船長……じゃないキャプテン・ゴートと、石の時代の遺跡を見学しない？」

「猫船長……。石の時代の遺跡……。ついで……」

微妙に泣き出す寸前みたいな顔でハウロンが俺を見る。

「どこから突っ込めばいいの!? レッツェはついてくる!?」

大賢者、どこまでレッツェに頼ってるんだ？ 俺より頼ってない？ 気のせい？

「レッツェの勧誘は任せる。遺跡は改造じゃない、改修して手を入れてしまうから、見るなら今だけだぞ」

「言い直しても改造でしょ！」

資材を運ぶ手間が省けるし、人が作ったものを利用しない手はない。復活させたの俺だし。

この世界、遺跡の上に都市があるとか、以前の街を広げて使ってるとかほとんどないよね。同じ時代なら別だけど。なんかまるっと引っ越ししてるイメージが。数えるほどしか遺跡見てないけど。

「ううう。ティルドナイ王の王国復興は、順調すぎるくらい順調で喜ばしいことなのに、何か腑《ふ》に落ちない……」

「いいじゃないか、順調なら」

猫船長、ソレイユと一緒に、アミジンの見学ついでに、宴会の打ち合わせを直接してもらうことになった。金額の話とか間に入るの面倒だし、美的センスとか俺に求めないで欲しい。

ハウロンが情緒不安定なまま、一緒にカヌムへ。目的はハウロンのレッツェ捕獲。

「レッツェとノートを呼んでくるわ。ジーンはディノッソをお願い」

「帰ってるかな？」

ディノッソは子供たちを連れて城塞都市の迷宮に行っていたんだけど、帰ってきたようだ。子供たちの教育はスパルタっぽいけど、順調に強くなってるみたいだし、家族仲もいいままだ。強くっていうか、色々なことへの対処方法を覚えてる感じかな。

とりあえず勝手口から出て、隣の扉を叩く。石造の建物は生活音とかがわかりづらい。おっと、籠の用意。大丈夫、こっち側の通りは人がいない。

「おう！　こんばんは」

「お帰り」

「ただいま」

運よく、というか、ハウロンは帰ってるの知ってたのかもしれないけど、ディノッソがいた。

「ジーン、こんばんは！」

「こんばんは！」

「こんばんは！」

ティナがディノッツォの傍らをすり抜け、抱きついてきて、すぐに双子も勢いよく抱きついてくる。

大丈夫、予想していたので転んだりしない。

「いらっしゃい」

奥から顔を覗かせるシヴァア。

「お帰り、こんばんは。ディノッツォ借りてっていい？　ハウロンが来てるんだ。あとこれ食べて」

ティナに籠を渡す。

布巾《ふきん》をかけた籠の中は、パン、干し葡萄入りのパウンドケーキ、ハムの塊《かたまり》、ワイン。人に見られてもセーフな、いつでも出せる差し入れセットです。

集まるのはカヌムの俺の家、久しぶりのゲーム部屋。最近貸家に直接行くことが多かったからね。

食事は牡蠣《かき》のクリームパスタ、ほうれん草入り。牡蠣はぷっくりするまで炒めて、半分は潰してアサリの煮汁と混ぜて濾した。生クリームと混ぜてしっかり牡蠣味。

ズッキーニにベーコンを挟んでアンチョビニンニクソースつけて焼いたやつと、チーズカツレツ。

「蔓なしカボチャ《ズッキーニ》も美味しいのよね。パン粉が香ばしいわ」

「牡蠣も美味しゅうございます」

「美味いけど、俺たちを集めたのがハウロンなところに不穏な気配を感じる」

ズッキーニを切って口に運ぶレッツェ。

微妙に警戒している様子。

「言うな、料理を食い終えるまで言うなよ？　せっかく美味いもん食ってるんだし。うをっ！」

チーズカツレツのチーズに驚いているディノッソ。いや、そこは驚かなくてもいいよね？

「……」

ハウロンは目を合わせない！

「……ソースも濃厚でございますな」

執事は気づかないふりをしている。

「うちのティナが、しっかりしてるのに、戦闘ではドジっ子気味でさぁ」

あからさまに話題を変えてくるディノッソ。

「精霊剣というか、ハンマーは？」

それに乗るレッツェ。

ティナには俺がリス付きデザインのハンマーを贈っている。重さが気にならず、大きくなったり小さくなったりする優れものだ。

「破壊力満点。ついでに振りかぶったハンマーが、エンとバクに当たりそうになった。真面目に言うとドジっ子ってより、ハンマーの大きさの調整が上手くいってなくって、振り回されてる感じかな」

「自分が扱えるより、大きくしちまうのか」

「そそ。使用者のティナが持った時に、大きくしても重さは変わらないが、振り回した時は遠心力でスピードが変わるってのがどうもピンと来てないみてぇ」

わざとらしいやりとりですね？

「スピードも変わらないようにする？」

「いや、ティナに覚えさせる。てか、気軽に言わないで？」

ディノッソに却下される。

「よし！　食べ終わったわ。アタシの頼みを言ってもいいかしら？」

ハウロンがフォークを置き、ナプキンで口を拭《ぬぐ》う。

こっちの人、テーブルクロスで口拭《ふ》いたりする場所もあるんだけど、あれはどういう文化なんだろう。店側もそのためにクロスしてるみたいだし。

「まだでございます」

執事が笑顔で却下。

「早食いしてんなよ、大賢者」

半眼《はんがん》でハウロンを見るディノッソ。

「お前また何かやったのか？」

こっちを見てくるレッツェ。

「……」

なんでハウロンがおかしいと俺が何かやったことになるんだ？　と思いつつ、心当たりはあるので自首します。

「いや、そっとほっぺた差し出されてもな？」

そう言いつつ伸ばされるほっぺた。

右の頬を打たれたら左の頬を差し出しなさい。暴力に対して、暴力でもって対抗してはいけない——のか、はたまた右は左より尊いものなので、左出しとけなのか。とりあえず無抵抗です。

「え、見つけただけじゃなくやらかしてるの⁉」

ハウロンが驚いてばっと俺を見る。

「ちょっ……」

それに驚いて、ワインをこぼしそうになってるディノッッソ。

「本筋に入る前からカオスでございます……」

執事は微笑みを浮かべて余裕。

「まあ、なんだ。先にハウロンの頼みごととやらを聞いてからの方が、わかりやすいか？」

「心の準備的にもそっちの方がいいんじゃねぇ？」

言い合うレッツェとディノッソ。

「アタシの頼みは、巨石の時代の遺跡に一緒に行って欲しいってことよ」

「それだけか？」

「それだけよ」

レッツェの確認に断言するハウロン。

「他の奴が言ったら無茶だが、転移できるハウロンの頼みとしちゃ大したことない？」

ディノッソがワインを飲みながら言う。

「誘ってきたのがジーンなのよ？」

「大したことになりそうだな……」

じっと見るハウロンから、グラスを口に持っていったまま顔を逸らすディノッツォ。

「お誘いはソレイユとキャプテン・ゴートとハウロンにした。ハウロン、遺跡好きかな？　って」

「好きよ？　好きだけどね⁉　過去の失われた技術とか途切れた伝承を繋げる輪とか！　でもアタシには絶対レッツェが必要なの！」

「いやいらないだろ。大賢者」

エキサイトしているハウロンに、レッツェがいつもと変わらない声で否定する。

「ジーンのあんまりな非常識っぷりに、自分の常識が揺らぐ気がして怖いのよ！　揺らがない掴まれる場所が欲しいのよ！」

「大賢者の基準に俺を置くな」

「さすが、頼られておりますな」

「ジーン関係では間違いないだろ」

ちょっと、俺が非常識みたいに！　でもテーブルクロスで拭く常識は持ち合わせていないから、こっちの常識があるかは自信ない。

「で？　何をやらかしたんだ？」

レッツェが聞いてくる。

「丈夫な足場にしようとしたら、巨石の時代の神と城塞が復活した」

ちょっと大規模でした。

「……」

「……」

「……」

「……巨石の時代の住人も込みだとか言わねぇよな？」

「城塞だけです」

怖いこと言わないでください！　無人ですよ、無人。


最近流行りのゲーム――たぶん勇者が広げた過程で、こっちの世界の要素が混ざった――をしている。

「があああああっ！　15枚！」

叫ぶディノッツォ。

持ち札を全部捨て切った人が上がりなのは元の世界と一緒だけど、場にカードを捨てられない時は、テーブルのカードの山からカードを引いて手持ちを増やす、その枚数が20面ダイスを振って出た枚数というルールが混入している。

「ほほ、ご愁傷様《しゅうしょう》でございます」

執事がカードを捨てる。

「なんで！　なんで俺だけ毎回2桁《けた》！　絶対なんかしてるだろうお前ら!!」

「してないわよ」

ハウロンが心外そうに答える。

うん、今はしてない。

時々なんか執事とイカサマのし合いというか、潰し合いみたいなゲームを、本来のゲームとは別にしてることはある。

見てる限り当の2人以外には影響ない感じ。器用だなって眺めてる。

「ラスト」

我関せずな感じで、大福を膝にしたレッツェが残り1枚を宣言。

もちっと流れている大福の腹に顔を埋《うず》めたい。こねたい。寝ている大福のお鼻とお耳がピンク。リシュの真っ黒なお鼻ももちろん可愛いけど。

「なんでそんな淡々と！」

ぐぬぐぬしているディノッソ。

「なんでって言われてもな。俺の運は良くもなければ悪くもねぇ」

レッツェの引く枚数は大体平均値をうろうろ。俺は多いか少ないか両極端。

執事とハウロンがゲーム以外の争いに気を取られている間に、大抵レッツェ、時々で俺が勝つ。ディノッツォはなぜか本人の気がつかないところで、執事とハウロンの争いの影響で負けてる。

気づかないっていうのとはちょっと違うかな？ なんとなく察してしまうから、それに気を取られてカードを出し間違えたりしてる感じ？

苦労性だね！

「上がりでございます」

「賭《か》けるものがないと盛り上がらないわねぇ」

ハウロンが最後のカードを場に捨てて、順位はレッツェ、俺、執事、ハウロン、ディノッツォになった。

「お断りいたします」

「まだなんにも言ってないでしょう!?」

薄い笑顔の執事に賭けごと希望のハウロンが反論する。

「どうせ遺跡とやらの見学に、ついていくか行かないかだろ？」

レッツェが呆れたように言う。

「そうだけど！」

キレ気味なハウロン。

「大体ノートだって、アッシュとジーンが付き合うことになったら、これから先絶対やらかしに巻き込まれるのよ⁉」

「いいえ、ジーン様はアッシュ様の前では穏やかに、普通に、いつも同じに振る舞ってらっしゃいますので。ルタの飼い葉が変わったくらいです」

うん。馬の地の草原の草、ルタによさそうだなって。

「え？　デートしてるの？」

意外そうに言うハウロン。

デートというか、お出かけはしてますよ。

「アッシュ様へのギルドの依頼がなければ、週一で遠乗りを。ですが、やりとりに変化はございません。1ミリたりとも変化がございません」

表情を変えずに念押しするみたいなことを言う執事。

「うちの子供よりダメじゃん」

ディノッツォの言葉に目を逸らす俺。

子供の無垢《むく》さでぐいぐいいく年じゃないんです！

「ちょっと別なことに誘ってみたらどうだ？　でも相手もアッシュだしな。買い物でもないだろうし、観劇とかでもないだろうし。ちょっと強めの魔物狩りとかにでも誘ってみたらどうだ？」

腕を組んで悩む仕草をしながら言うディノッツォ。

ディノッツォのアドバイスはディノッツォとシヴァの場合だろうか？　成功例？

「よし、じゃあドラゴン狩りにでも……」

「よせ」

「なんでそうなるのよ」

「お前の基準じゃなく、一般的なちょっと強いにしとけ」

「ちょっと強めの範囲外でございます」

アドバイスに従おうとしたら全員に止められた。酷くない？

「狩りはやめとこう。あとは風景の綺麗なとこに行くとか？」

「遠乗りしてる」

ディノッツォ、それはしてるんです。

「季節外れの花を咲かせた場所など、それなりに。アッシュ様もお喜びですが、あまり顔に出される方ではないので……」

執事が困ったように言う。

「わかった。お前らプロポーズしないと進まないタイプだ、諦めろ」

「ひどい」

「じゃあ賭けゲームしましょうか」

「何がじゃあなんだ？」

笑顔で話題を変えようとするハウロンに、レッツェが半眼で突っ込む。

「いいじゃないの。アタシが負けたら薬草採りに付き合うわよ、採取と加工の解説付きで。レッツェにも子供たちにも、ためになるわよ」

ウィンクするハウロン。

「大賢者の薬草知識か……」

5章　遺跡見学ツアー

――２日後、再びカヌムの家。遺跡の見学ツアー参加者が集まる。

「なんで俺まで？　レッツェがいればよくない？」

「負けたんだから大人しくしなさいよ。分散するでしょ！」

ハウロン。

「しないだろ！　それぞれダメージ受けるでしょ!?」

「往生際《おうじょうぎわ》が悪いわね！」

朝から血圧の高そうな応酬《おうしゅう》が続いている。あの夜はハウロンが勝ち、付き添い権を手に入れていた。

ちょっと改築前の遺跡を見せるだけなんで、ダメージを受ける話ではないはず。また海中に沈んでるの引き上げるんじゃないし。

「はい、はい。ナルアディードに【転移】するから寄って、寄って」

寄らなくても【転移】はできるけど、気分的に。

「ううう。気軽な【転移】」

「行く前からダメージ受けちゃってる？　大丈夫なのか？　慣れたら？」

「うるさいわね！」

言い合うハウロンとディノッソ。

「あー、ハウロンにとって【転移】はノートの王の枝みたいなもんだろ」

「……抉《えぐ》らないでいただきたい」

レッツェのフォローに執事が被弾した！

「慣れるも何も、回数を重ねるほど、気軽に使われるほど、抉られるのよ……」

ぐったり、げんなり？　間を取ってぐんなりしているハウロン。


ナルアディードに【転移】して、猫船長の船が着いているはずの港に向かう。猫船長の船に直接【転移】した方が楽だけど、一応沈黙付きの契約を交わしているとはいえ、あんまりな気がしたので。

頬の人権も危ぶまれる気がするし。

「相変わらずナルアディードは華やかでございますな。——臭いもマシになりました」

「大店《おおだな》のある通りはもっとよくなってるわ」

執事とハウロン。

ハウロンはナルアディードによく商談に来ているみたい。エスとの取引がメインだけど、そっちで揃わないのはここだ。

「奥さんにお土産買ってこうかな。小物か髪飾りか、服用に布かな」

唯一の妻帯者が周りを見て浮かれている……っ！

「鮮やかな青い布が流行っているわよ。それとダイヤが微妙に高いわね」

「新しいカットで流行っているのではございませんか？」

執事が言うのは、勇者たちというか、おそらく姉が作らせたブリリアントカットだね。夜会の会場が白熱灯だったらもっとキラキラするんだろうけど、まだ蝋燭か魔法か、『精霊灯』だ。

「今はそこまでじゃないわ。やっぱり鮮やかな色石の方が人気なのよね」

肩をすくめるハウロン。

ダイヤにも色石はあるけど、出回ってないみたい。もしくは他の石だと思われてるか。

「あ。ダイヤ、俺のせいかも。ソレイユに安いのがあったら買ってって言ってあるから」

最初は片っ端からだったんだけど、値上がっちゃったし、ヴァンは別に透明度とか求めてなかったんで、安いのを。

「あら、なんでまた？」

「ヴァンのおやつ」

「……」

「……」

「……」

「火と力と破壊と再生の神か。さすが神々は食うものも違うな……」

黙り込んだ3人と、半眼で呟くレッツェ。

「ジーンは」

「うん？」

「ジーンは」

「うん？」

ハウロンが俯《うつむ》いてプルプルしてる。

「言い方を考えてちょうだい！　供物《くもつ》とか捧げものとか、色々あるでしょう⁉」

バッとこっちを見て苦情を言ってくるハウロン。

供物？　ポップコーンが？

「まあ、値段的には捧げものって言ってもいいか」

最近はなんとかダイヤが人工的にというか、精霊的に作れないか考えている。

「ううう、嵐と戦の神に骨を渡してるのと同じ気配がするぅ……！」

ハウロンがハンカチを噛みそうな顔をして呻く。

「ちょっ！　やめて⁉　俺のヴァンのイメージに犬耳が混入する！」

ディノッツソがハウロンに苦情を申し立てる。

短い道中を賑やかに、猫船長の船の停泊する港に向かう。


「……なんでそんなにぐったりしてるんだ？」

「世の中に納得いかないことが多いらしくって」

甲板で出迎えてくれた猫船長に答える。

「世の中つーか、お前周辺な？」

レッツェからツッコミが入る。

猫船長はよくって俺はダメなのなんで？

「大賢者ハウロン様とノート様、ソレイユです。またお会いできたこと、嬉しく思います。

──もうお二方をご紹介いただけますか？」

にこやかにソレイユ。

ファラミアとキールもいるが、使用人扱いなので紹介はない。ファラミアは護衛も兼ねて、ソレイユについている。キールが島から出てきてるのは珍しい気がするが、ソレイユの商談には時々ついているらしい。

商談でキールって大丈夫？　と思ってしまうけど、ソレイユのことが気になってるみたいだし、護衛的な立場なんだろう、たぶん。顔はキレ者従者みたいなんだけど。菓子よりソレイユを優先するくらいはソレイユに好意を持っている。

むっちゃ執事を見てるキール、微笑みで糸目になってる目でじっとキールを見ている執事。

「俺はレッツェ、こっちの旦那《だんな》と違ってただの冒険者だ」

そう言ってディノッソを見るレッツェ。

「おう、俺はディノッソ――バルモアって名乗った方が通りがいいか」

ディノッソが名乗る。

「あなたが……。ニイ様の言っていた金ランク冒険者が王狼《おうろう》だなんて！　これから何が起きるか不安でいっぱいでしたが、安心できましたわ。レッツェ様も！」

花が咲いたような笑顔でディノッソに握手を求めるソレイユ。

「王狼……だと？　ソレイユがあんな笑顔で！」

執事からディノッソに視線を移し、小声でギリギリしているキール。

「いや、そこは安心、無理だから……」

あーって顔して小声で呟くディノッソ。

「王狼と大賢者ハウロンが揃ってるのか……」

尻尾を立てて思案げな顔の猫船長。

影狼《かげおおかみ》もいるんですよ？

ディノッソが猫船長とも握手（！）をして紹介は終わり。俺も肉球握手したいんだけど。

「では出航しようか」

猫船長が船員とアイコンタクトを取ったあと、尻尾を大きく振ると、水夫たちの掛け声が起こり、船が動き出す。

「キャプテン・ゴートにアミジンで使う当面の資材も積んでもらったわ。上手く土地を改良して港ができるといいけれど」

ソレイユが俺に言う。

この短い間に必要な物資を掻き集めたのか。ごめん、土地改良用の道具とかだといらないかも。いや、これから畑作ったりに必要か。


青い空、青い海。

ウフとセイカイがいるけど、気を使ってなのか姿を消してくれてるので問題ない。なんかハウロンと執事がぷるぷるしてるけど、問題ないハズ。

見えてる大賢者と見える金眼を持つ執事、頑張って！

「あの男が船に弱いだと？　とんだ弱点もあったものだな」

キールが小声で呟く。

「停泊中の船と揺れはそう変わりませんが……？」

前回船の上で執事と会っているファラミアが、無表情のまま声を漏らす。

チェンジリング２人組は見えないから平和。ん？　キールは？　見えてない脳筋か、興味ないことには全くこだわらない脳筋か、どっちだ？

ファラミアも……ウフとセイカイの見えなくする意思が強いのかな？　チェンジリング２人は人と感覚がずれてるからどっちなのか予想がつかない。

「いい天気だな」

俺は進行方向を向いて海を眺める。

「……」

「……」

ディノッソとレッツェの視線が痛いんだが、俺は何もしてないヨ？

ウフとセイカイは猫船長の手伝いしてるみたいだし？　いつの間に仲良くなったんだろうな？

さすが茶虎猫！　カリスマが溢れてる！

その猫船長も俺のことを半眼で眺めて、尻尾をぴったんぴったんやってるんだけどね。猫船長は見えてるのか？　それともディノッソとレッツェみたいに気配を察してるだけ？

「大賢者様もノート様もよろしければこちらの薬を」

ソレイユが気分の悪そうな2人に言い、ファラミアを見る。

ファラミアにしては一拍《いっぱく》遅れて薬を差し出す。

「……大丈夫、船酔いじゃないわ」

「大丈夫ではございませんが、船酔いではございません」

ハウロンと執事、微妙にどっちが重症だかわからない答え。

「船足速いし、目的地に着くのも早いよね」

早くこの状況から脱せればいいね。

「内海にしてはあり得んほど速いな」

俺を見たまま言う猫船長。

ちょっと、変な言い方やめてください。

海の上を滑るように走る帆船。ウフの助力に戸惑いながら、帆に風を送り、船を後押しする猫船長のお友達の精霊。ハウロンのきょどっている一反木綿、興味深そうにしている他の3精霊、ディノッソのドラゴン型の精霊はあんまり動じてないみたい。

執事の精霊は相変わらず身を隠している。大体どこにいるかわかるようになってきたけど、わざわざ覗きにいって驚かすこともないだろう。

船旅は順調というか順を飛ばして早く、目的地が見えてきた。

「見えてきた」

普通はどれくらいかかるんだろう？　猫船長の反応からすると、倍どころか3倍くらい速く進んだっぽいけど。

「アンタ、目がいいな」

「そう？」

「俺の船の物見よりいい奴に初めて会った」

猫船長に驚かれる。

この体、腕力とかだけでなく、視力もいいようです。アフリカの狩りをする人って、10・00以上あるんだっけ？　それよりいい？

陸がぐんぐん近づいて、全員の視界に収まる。

「どこに着ける？　着けるっていっても、崩れやすい崖だ。少し近づけてあとは小舟に乗り換えるしかねぇが」

「このまま真っ直ぐ、あのへこんでるとこに」

城塞があるはずのところを指差す俺。

「この半島のへこんでるとこは、崖が崩れたあとで海が浅いんだよ。そう近づけねぇぜ」

そう言いつつも、船員に合図をしてくれる猫船長。

精霊たちはよく頼みを聞いてくれたみたいで、他の崖と全く変わらないように見えてるけど。

いや、やっぱり城塞が戻ったのって気のせいだった？　精霊の見せた幻《まぼろし》とかこう——。

「おお、すげー！」

手をかざして歓声を上げるディノッソ。

「これが、ハウロンが誘いに乗って見たかった遺跡か」

遺跡全体を眺めるレッツェ。

「ふん、思ったより早く着いたな。この船足の速さで想定し直して、島の防衛も見直さんとダメか……」

キールの思考の中心って、ソレイユか島の防衛かどっちかだな。あと、お菓子。

あれ以上防衛能力を追求したら、そのうちバリアみたいなのが出現するか、島ごと飛びそうな気がする。

「なんで……」

「なんでだ」

ソレイユと猫船長。

はい、城塞が見える領域に入りました。あったね、城塞。

「これがジーンの見せたかった巨石時代の遺跡……。アタシの記憶じゃ、ここにこんなものはなかったのだけれど」

ハウロン、ここも活動範囲でチェック済み？

「先程までの風景は目眩《めくら》ましでございますか……。ですが、長《なが》の年月の中、他に近づいた船がなかったとは思えません。なぜ今まで噂に上らなかったのか……」

巨石の時代からこの城塞がこのままだったら、執事が言うように確かに誰か見つけてるよね。

これができたのちょっと前だから！

「なかった、なかったわよ！　なんでこんなものが⁉　私、ここ通ったわよね、ファラミア⁉」

ここからは上陸《あがれ》できないから通っただけだけれど！」

「はい、数日前まではございませんでした。目眩ましの気配もなかったかと」

無表情で淡々と答えるファラミア。

「とりあえずこれが城塞か」

「とりあえずって……ええ、そう、とりあえず城塞ね……。思ってた規模と違うというか、遺跡ってもっと崩れてる状態じゃないの……」

レッツェにハウロンが反論しそうになって、途中で翻意《ほんい》した。

ごめん、穴は補修してしまった。

「なんで？　城塞って1週間も経たずにできるものなの？」

ソレイユがずっと城塞の方を向いて、ぶつぶつ言っている。

「ふむ、海から来る敵にはいいかもしれないが――」

キールはキールでぶつぶつ言ってる。

「上にあるのかと思ったら、崖にくっついてるのか。なんかすげー城塞だな」

ディノッソが船縁に寄りかかって眺めている。

ハウロンたちとは対照的に、お気楽に楽しんでくれてるようだ。

「キャプテン・ゴート、あっち側の城壁がない方に桟橋《さんばし》代わりの階段を作りたいんだけど。こう、船縁に合うような高さで」

船単位の長さになるから、階段はちょっと違う？

「階段？」

怪訝そうに猫船長の耳が少し後ろに引かれる。

「階段というか2種類の段？　荷の重さで高さが多少変わってもいいように。なんで、ちょっと高さを見たいから寄ってくれるか？」

内海の干満差は10センチくらいなんで、あまり考えなくてもいい。太平洋と違って、陸に囲まれて外海に続く海峡もそう広くないから、月の引力で引っ張られても海水が増えない。

「いいが、どんな大工事をする気だ」

そう言いつつ、猫船長が移動の時に肩に乗っている、無口な船員さんに合図する。

すぐに船がゆっくりと動き出す。無口な船員さんは、猫船長の仕草で指示がわかるっぽい。

「あの城塞に入るんだろ？」

猫船長がちらりとハウロンを見る。

「ええ、もちろん。中も確認したいわ」

「小舟を下ろす準備を」

そして別な船員さんにも指示。

船が岸壁に近づいてゆく。

「いや待て。なんで真横に動く？」

半眼の猫船長。

「大賢者が乗ってるから」

「ちょ……っ！」

ハウロンに、なんで!?　みたいな顔をされたけれど、名前を使っていい許可はずいぶん前にもらっている。

「こんな大きな船まで……」

ソレイユが感嘆《かんたん》の声を漏らす。

「……」

キールがすごい顔でハウロンを見ている。

「大賢者の名前は偉大ですな……」

執事が明後日《あさって》の方向を向いて言う。

「……」

猫船長は半眼で俺を見ている！

「……あとでいい酒出してやれ」

「はい」

レッツェに言われて返事をする俺。

「まだ進めるのか……。この辺は海が浅かった記憶があるんだが」

猫船長の眉間に皺ができそう。

海の底に溜まってたものは、崖にくっついたり城塞になったりしました。城塞についてはそうこだわらなかったのに、船と海の変化には厳しい猫船長。

船が止まり、小舟が下ろされる。そして投げられる縄梯子。俺は俺で、反対側で近づいた崖にいる石の精霊に――。

「妙なことはあとにしろ」

レッツェに捕獲される。

「待って、印だけ、印だけ！　『船縁と同じ高さの！　ちょっと目立たない線お願いします！』」

崖にピーっと細い線が走る。

「こっちでやらかし放題なのはなんとなくわかってるが、お前本当にカヌムでそれやるなよ？」

「はい」

そこは気をつけます。

いざとなれば『家』に逃げられるけど、カヌムのみんなと会えなくなるのは嫌だ。

「おお！」

レッツェとそんなやりとりをしていたら、船員さんたちから声が上がった。

「なんだろう？」

みんな縄梯子の方を見てる。覗き込んでるのもいるな？

「ハウロンが魔法でも使ったんだろ。あの短い時間に、あの人数の全員が一度に縄梯子を下りたってこたぁない」

俺と同じく見てないはずのレッツェが言う。

なるほど、甲板にはもう船員たちと執事しかいない。

「さすが大賢者、毎回派手」

「……」

素直な感想を述べたら、縄梯子の前に立った執事が微妙な顔。

「お疲れ様でございます」

執事がレッツェに。

船縁から下を覗き込んで、一反木綿に手を振る。

赤のファンドール炎と花の精、青の衣は深い泉の精霊、赤い帽子に土色の肌を持つ小人は大地と穴の精霊、一反木綿は大気とそよぐ布の精霊。穴とか布とかなんで？　って思うけど。

一反木綿にレッツェと執事と俺、３人とも浮かせて下ろしてもらう。縄梯子は不得意です。

「さすが大賢者様。離れている者さえ浮遊の対象となるのですね」

ソレイユがハウロンに賞賛を送っている。

「あー……。ソウネ」

一反木綿を眺めながら、死んだ目で答えるハウロン。

2艘《そう》に分乗して、城塞を目指す。漕ぎ手は船員さんなんだけど。

「うをおおおぅ！　水が動く⁉」

「水面⁉　波はねぇよな⁉」

まあなんだ。海神さんと大気の精霊さんは、船を動かす以外にそろそろ何かお仕事あるんじゃない？　帰らなくていいの？

「さすがは大賢者様だなー」

とりあえず呟いておく俺。

呟くたびにハウロンがすごい顔をするけど、諦めて。ほら、ハウロンを見ているソレイユの顔が輝いてる。

アーチ状の開口部から入り、遺跡の船着場へ。

「なるほど、上から熱した油を落とすなり石を落とすなりできるのだな」

キールが早速チェック。

陰に入ると一気に薄暗くて、特に天井付近は暗いんだけど。チェンジリングは暗いところでも見えるらしい。階段の上に穴があったのは気づいたけど、ここにもあったのか。俺も見えるけど。

「お前らはここで待っとけ」

猫船長が船を漕いでくれた船員さんたちに言って、すたっと上陸。

あんよ濡れるけどいいの？　猫だけど気にしないタイプ？

「ソレイユ様、足元が濡れております」

「ありがとう」

先に降りたファラミアが、小舟を降りるソレイユに手を貸す。

いいの？　キール、防御チェックしてる場合じゃなかったんじゃない？

「暗いな」

「『暗闇に灯火《ともしび》を』」

レッツェの一言に、ハウロンがライトを使う。

杖の先のライトに照らされ、はっきり見える範囲が広がる。

「すごいわね。崖を掘る技術も、この大きな石を組み合わせる技術も。人が去っても永遠に残る……」

いえ、ちょっと前まで崩れてました。

ハウロンの感想に心の中でツッコミを入れる。心の中でなんで、こっちを見るのをやめてください。

無言のレッツェから目を逸らす俺。

「流通の利便より、防御の孤高をとった時代か」

ディノッソの感想。

「触れただけで崩れてしまうような場所よりはマシですわ。……ええ、ちょっと前までは白っぽくって波に攫《さら》われて下が崩れ、支えを失って上が崩れていた記憶があるのだけれど……」

ソレイユが何か思い出した！

大賢者様がいると不思議なことが起こるね、大丈夫。大賢者様には普通のことだよ。あんまり言いすぎてもわざとらしいので、きらきらした眼差しでハウロンを眺めるのにとどめる。

「……俺、物理担当でよかった」

「範囲外でございますな」

ディノッソと執事が言い合う。

そして無言で俺のほっぺたをつまむレッツェ。何も言ってないのにひどい。

「荷運びするにはもう少し広い方がいいのだけれど」

階段を上りながらソレイユ。

もう船からの積み下ろしを考えてる。

「この遺跡壊しちゃうのもったいないし、大きい船用の港は、反対側の崖に作る予定で。でも、荷物を運ばなくても階段はちょっと狭いね」

船着場の突き当たり、崖に沿ってというか崖に作られた階段。片側は石積みの壁で覆われ、たぶん剣が振るえないようわざと狭くしてある。ファラミアのスカートが両方の壁に擦《こす》りそう。

「待て。動いてねぇ？」

ディノッソが立ち止まる。

「階段の途中で止まると危ないぞ」

後ろがつかえる。

「……動いてるな」

「階段が広がっておりますな」

キールと執事。

崖側から迫《せ》り出すように階段がずれてってるというか、伸びてるというか。城塞自体が膨らんで、海側に迫り出してってるのかこれ？

「さすが大賢者様？」

「……っ！！！！！」

ハウロンが俺を見てぱくぱくと口を動かす。

「どう考えても違うだろ？」

猫船長のジト目。

うすうす感じてたけど、猫船長には魔法の呪文が効かない。

上の部屋に到着。ここも階段が伸びた分、ちょっと広がっている。覗き窓みたいな小さな四角じゃなくって、大きく窓を取りたいところ。学習したんで今は口にしないよ！

口にしてないからジリジリ広がるのストップ、ストップ！　なんだろう？　戻ったばかりのせいか、やる気に満ち溢れてる気がする。動くの癖《くせ》になったとかじゃないよね？

「……」

何人かの視線が痛いんで、お願いだから今は大人しくしといてください。もうちょっとしたら夜陰《やいん》に紛れて大々的に動いてもらうんで。人前では取り繕って！

色々事故りそうになりつつ、あちこち見て歩く。正しくはハウロンがぶつぶつ言いながら細部を確認し、ソレイユがこの空間はどう使うとか、使えるように色々運び込む手順をどうするかとか、考えながら歩くのについていてく感じ。

「魔物が出ない遺跡はやることがない」

ディノッソはあちこちに目をやってるけど、付き合ってる感満載。

「こっちの通路は雰囲気が違うな？」

「うん。この通路はこの城塞っていうより、隠し神殿みたいなとこに出る。あ、海側は開いてるから隠しってことじゃないのかな？」

レッツェが神殿（？）への通路を見つけた。

通路の入り口付近は、城塞と同じような作りだけど、その先は自然窟みたいな状態。

「巨石の時代の神殿、古い時代は女神が多いのよね」

「そうなんだ？」

ハウロンの言葉に、前にざっと読んだ精霊図書館の本を思い出す。

うん？　人型よりも動物とか植物が多いような？　いや、それは時代を戻りすぎか。あとは人間が信仰してる神に限定してるとかもあるかも？

「行ってみましょう」

ちょっとうきうきしている様子のハウロンが足取り軽く先へと進む。

楽しんでいるようで何よりです。

ハウロンを先頭に洞窟を進む。

ハウロンの斜め後ろにソレイユ、反対側にぷらぷらとディノッソ。その後ろにファラミアとキール。猫船長はディノッソの肩、羨ましい。一番最後は執事。

執事、ライトの魔法が照らす範囲からあえて離れてない？　気のせい？　そういう習性？

「王狼様は、やはりドラゴンなども倒されるのですよね？」

「ぶっ！」

「それはもちろん！　伝説の王狼ですもの。物理担当ですもの、ね？」

振り返ってにこやかにハウロンが答える。

「……いや、まあ。な」

盛大に動揺しているディノッソ。

ソレイユのちょっと確信というか、半分確認のような質問を、ハウロンが嬉しそうに肯定し、ディノッソが追認する会話が続く。

猫船長の尻尾がぴったんぴったん揺れている。

「……やばいモンに行き着く前に聞いておきたいんだが」

斜め後ろのレッツェがボソリと話しかけてくる。

「何だ？」

内緒話？

「ここに揃ってる奴らで、お前のこと、知らない奴いるのか？　どこまで知ってる？」

「ソレイユとキール、ファラミアは、俺が【転移】で行き来してることや、水を湧《わ》かしたり、石の塔を一晩で色々改造するのは知ってる。猫船長は付き合い浅いけど、海神が俺のこと精霊王って呼んで構ってくるのは知ってる」

「……ハウロンにおっかぶせる必要がどこに？」

レッツェの呆れた声。

「これからもお世話になると思うし？　あと、ソレイユの現実逃避先」

「目の前の非常識より、伝説の連中におっかぶせて夢の中か。うすうす気づいているのに目を塞ぐってのはどうなんだ？」

レッツェの言い方はあれだけど、大体そんな感じ。

「この洞窟は商売にまだ結びついてないから……」

ソレイユはゲンキンですよ、現金と書いて。

「お二方の伝説は、まだまだ壮大になるようですな」

他人事のような執事の声が後ろからした。

「待って、壁画が」

ハウロンが立ち止まる。

「巨石の、狩猟時代のものね」

ライトを大きくして、壁や天井を照らす。

「採取と狩猟、遊牧から、定住、農墾に変遷して、時代を支配する精霊が変わるたび、また再び家を捨てて彷徨い新たに始める。なぜこんなに精霊の影響を受けるのかしら？　普通、住居はそのまま使うでしょ」

壁画を見ながら、ハウロンが独り言のように。

ここは水没してたけどね。むしろその辺はカーンに聞いた方が早くない？　街を砂に埋もれさせて使えなくした本人じゃない？　実際に力を振るったのはベイリスだけど。

ああでも、カーンの場合は、狂ってしまった王の枝の影響が国全体に及んでいたからか。住み続けられるような状態じゃなかった。

「手の跡……。怖いわね」

ソレイユが呟く。

「大丈夫、それ染料で汚れた手でペタペタやっただけ。血じゃないし」

「ええっ……」

「ちょっと、入るなの警告じゃないの？　そういう気配があるんだけど？」

ソレイユもハウロンも納得いかない感じ。

「そういう意識でずっと見られて、壁画の精霊が変質しちゃってるみたいだね」

「……そんなものなのね」

ちょっとしゅんとしたハウロン。

もしかして、ロマンや意味を求めてた？　身も蓋《ふた》もないこと教えてすまない。

滑りやすい洞窟を転ぶことなく無事進み、女神と対面。

「白の女神と弓持つ女神が一緒に……？　一緒に信仰されていたというの？」

何かショックを受けてる気配なハウロン。

明るい開口部をバックに、そそり立つ巨大な八角形の岩。片方に白の女神、片方に弓を持つ女神。

『やあ、来たな。私の主、人の男と女もいるようだが、私の血族ではないな』

そして登場するマシュマロ。

「な、ん……!?」

「精霊!?」

一歩下がるハウロンと剣を構えるディノッツォ。

釣られたのか、キールとファラミアも戦闘態勢。

「ごめん、危ないものじゃない。『血族を集めるに当たって、この辺をどう使うかの下見。今、アミジンの人たちはこのあたりにいないから』」

出てくるとは思わなかったが半分、出てきても声は聞こえると思ってたが半分。

『血族以外も受け入れようが……。私の姿が定まらぬゆえに、変質してしまうぞ。姿の変わった私を血族たちは認識できるか』

特に困ったような声でもなく、マシュマロが言う。

『そのふわふわした姿はすでに変わってるのでは？』

『ああ、そうだな。だが、大した違いはない。私は白く、豊満な女神だ』

目鼻があるマシュマロ土偶を想像しました。

「……いきなりこの強大な精霊との対面は勘弁《かんべん》願いたいぞ」

ディノッツォが息を大きく吐いて剣を下ろす。

つい最近まで海に沈んでたのに、強大なのか。いや、うん、ずっといる精霊みたいだし、力を削られ続けてる状態でもあの大きさだったし、なるほど強いのか。

なんかこう、最近、出会う精霊が大きくなってない？　気のせい？

「何だ、いつも出てくる精霊か」

「ニイ様の契約精霊でございますか」

キールとファラミアも戦闘態勢を解く。

「いつも……？」

「いつも、で、ございますか？」

ディノッツォと執事が2人の言う何かに引っかかった。

「白い女神……太母神《たいぼしん》……失われた女神……」

ハウロンはマシュマロを見つめたまま、何か思考を巡らせている。

さすが大賢者、狼狽《うろた》えない。知識欲の前には色々些細《ささい》。

「……」

俺はレッツェにほっぺたを伸ばされている！

「あ」

唐突に思い出した。

「何だ？」

「何よ？」

ディノッソとハウロン。

「妙なことならあとにしとけ」

「大賢者の許容量があやしゅうございます」

レッツェと執事。

その言い方、なんかハウロンがメモリ不足のポンコツに聞こえるんだけど。

「知識分、頭ん中に引き出しがあるとする。ハウロンはそれが人よりゃ大量だ、きちんと整理されてるモンが大部分なのに、お前が何かすると全部その引き出しがひっくり返るんだよ」

ちょっとレッツェ、そろそろ俺の頭の中を覗くのやめて？

「顔に出すぎだ」

「私の言葉は大賢者の能力を疑うものではございません」

レッツェと執事、２人がかりで俺の考えを読んでくるのやめてください。

「ハウロンが興味ある分野だからきっと大丈夫？」

「疑問系やめてちょうだい!?」

ハウロンが抗議してくるが、俺は2人と違ってハウロン《ひと》の頭の中は読みきれないので断言は無理だ。

「何を止めてるの？　いえ、ニイ様を止めたいのはわかるけれど」

ほんの少し不安そうにこっちのやりとりを見ているソレイユ。

「何を止めたいんだ？」

その隣でキールが言う。

そう、カヌムの友人たちはいきなり俺を止めてくるんですよ。

「じゃああとで――」

「いいわよ、気になるじゃない」

大抵止められたら、大人しくやめておいた方が騒ぎにならないんだけど、当のハウロンが希望。

「好奇心猫を殺す」

と、ディノッツォの肩で猫船長が申しております。猫だけに。

「じゃあ、失礼して。『アミジンの女神、もしかしてあなたって、ルフの時代からいる？』」

石柱《せきちゅう》から浮き出てきている女神に聞く。

『いいや。でもそうだ。私はもっと大きなものの欠片《かけら》。変質もすれば、統合もされる。おそらく私のようなモノは他にもいる』

狩りの女神と白い女神の口が交互に言葉を紡《つむ》ぐ。

「『なるほど、ありがとう』」

どこかに眠る母なる精霊、その縁《よすが》を探す白き巨人セナルファール。北の大地の土偶ちゃんも、この白の女神もその縁な気配。

「なんだったの？　ルフって聞き取れたけれど」

ハウロンが聞いてくる。

「ルフの時代からいるのか聞いたら、そうでもあるし、そうでもないって。白き巨人が探している母なる精霊の今の姿、もしくは現れている欠片かな」

「ちょっと！　夜の砂漠を彷徨う白き巨人と会ってるの!?　しかも、やっぱり隠された女神の一角なの!?」

ハウロンが近い。

「ああ、砂漠でウォーターバイクならぬ、サンドバイクみたいな体験をさせてもらった」

疑問系の2つのツッコミがあった場合、どっちに答えればいいのか。

「やめて、乗り物みたいに言わないで！　ティルドナイ王の時代から砂漠の伝説的な精霊なのよ!?」

両手で顔を覆う仕草を見せるハウロン。大賢者、オーバージャスチャー。バイクってどう訳されてるんだろう？　ラクダ？

「お前、またなんか変な精霊引っ掛けてたのか？」

呆れたようなレッツェの声音。

「引っ掛けたつもりはなかったんだけど。カーンから昔砂漠の真ん中にあった水の都、トゥアレグの話を聞いたことがあって、そこを探してる時に会った白い巨人の精霊がいる。ちなみに月光の精霊」

結構前の話なので時効です。

「ちょっと！　彷徨う白き巨人は何の精霊か正体不明なのよ！　言い当てないで!?」

手を顔から離して、俺をばっと見てくるハウロン。

当てるも何も、知ってることなので？

「聞いてねぇ精霊といっぱい会ってそうだな」

「そういう意味では、女神のいる場所《ここ》に今呼ばれて一緒に訪れているというのは、いいことなのでしょうか……？」

ディノッソと執事。

「全部把握しようとしてたらきりないだろ？　あとどう考えても命が危ねぇ」

レッツェ。

「付き合い短いアタシが聞いただけでもヤバい相手とヤバい数よ！　それに絶対白い巨人と同じく、他にも会ったことを黙ってる精霊いるでしょう!?　精霊全部ひとからげにしてるでしょう!?」

ハウロンが荒ぶっている。

カーンに紹介された遺跡の、砂漠関連というか、カーンの時代関連の精霊——ハウロン的には押さえておきたい話だったか？

「紹介する？」

「紹介って、呼べば来るってことよね!?　爆弾発言やめてちょうだい！」

遠慮された。

「それにしても、ここの女神は隠されたわけじゃ……いや、隠されたのか？」

自分の意思ではなく、崩れて陸から海に滑り落ちた。

土偶ちゃんは自分で隠れてる気がするけど、あっちも水の中なんだよな。白き巨人セナルファールが連れていってくれた都市も水の都だ。

「ちょっと明らかに話を逸らしてる！　ああもう、一般的に時代の名になるような力を持った精霊は、大抵勇者や王の枝、あるいはその両方が関わっているの。どっちも力を失った時には大きな影響を受けるわ。特に王の枝に関わる精霊は、黒くなることを含めて、変質する。でも、隠されるというのは、勇者関連での方が多いわ」

さすが大賢者、疑問には答えてくれる。そして長文で説明するうちに落ち着くのもいつも通り。

なんかソレイユが死んだ目でハウロンを見てるし。チェンジリング２人は興味なさそうだけど。

「ソレイユ、この女神の謎もちょっと関わると思うから」

「……ここを神殿にして、お布施《ふせ》をいただいても？」

「アミジンの人たちからOKもらったらな」

途端にハウロンの話を輝く目で聞き始めるソレイユ。人を呼び込むには新しいものか古いもの、どっちかあった方が呼びやすいよね。

「アタシもここは初めて見たし、アミジンの話も集めたいわ。いくつかの定説と、予想も覆《くつがえ》されるだろうし、逆に信憑性《しんぴょうせい》が増す説もあるの。話すのならば、そのあたりを精査してからにしたいわ。それに別れた個々の女神については、多少なりとも変質があるだろうし、元々信奉《しんぽう》している者たちに祀り方を聞いた方がいいわ」

ハウロンが言う。

やっぱりでっかい（？）女神から分かれてるんだ？　精霊図書館に行ってちょっと調べようか？

でも土偶ちゃんについても大して記述は見つけられなかったんだよな。書かれていた大部分は伝聞みたいな形だったし、口伝《くでん》みたいに文字という形では残さない文化が挟まってるのかな？

恥ずかしがりの土偶ちゃんと違って、ここの精霊は話してくれるので聞けばいい気がするけど、勇者召喚《しょうかん》のナミナのことを考えると、精霊自身の記憶の改ざんがあるかもしれない。詳しく聞くなら、ある程度調べてからがいいかな？

「この顔はまた何かアタシが叫ぶことを考えてる気がする……」

ハウロンが呟く。

「もう少し歴史を辿ってみようかなって思ってただけだぞ？」

「本当に？」

疑い深い視線を向けてくるハウロン。

「本当、本当」

「――本当だろうな。ただ、辿り方がたぶんおかしいだけで」

ちょっとレッツェ！

「まあ、行き着く先は一つなのでしょうから……」

「事実は一つ、真実はたくさん！」

執事のまとめと対極な感じのディノッツソ。

でも確かに、一つの事実からでも受け取り方は様々、人それぞれだよね。

「とりあえずはアミジンの人たちを探して、ここを見てもらって、地上に抜ける別の道を作っていいか確認するところからかな？」

別の道を作るのがダメだって言われたら、城塞からしか入れないってことになるから使い方と動線考えないと。

とっと、その前に。

『ここって、もっと来やすいように地上から道を作ってもいい感じ？　限定したい感じ？』

興味深そうにこっちのやりとりを眺めていた女神に聞く。

『どちらでも。触れられるのは好かんが、賑々《にぎにぎ》しいのは好きだ。誰が来ても構わぬが、アミジンの者たちが多く訪れるのならば歓迎だ。太鼓《たいこ》と鈴を所望《しょもう》するぞ』

『はい、はい。一定の距離までしか近づけないように制限して、音で祀るよう用意するか。アミジンの人たちは？　触れてもいいの？』

確か染料持ってこいだったよね？

『アミジンには夏至《げし》の日にだけ触れることを許そう』

「了解」

あれ、土偶ちゃんも夏至になんか祭りしてたな？　やっぱり元は同じ女神っぽい。

「そうね。なぜかここにある城塞の使い方よね……。おかげで直接上陸できるようになったけれど。もう葡萄の苗木の手配を始めた方がよさそうね、アミジンの人たちとも交流が続くのならば、そちらも考えないと。話の流れからも、石柱にある女神の姿からしても、アミジンの神なのよね……。契約があるからこの地を返せとは言われないだろうけれど」

ソレイユがぶつぶつ言っている。

うん、弓を持つ女神は契約の時に現れた女神です。なんかもう、契約の時に強い精霊が現れるのにソレイユたちは慣れすぎてる気がする。俺だってびっくりするのに。

精霊が出ることにじゃなくって、現れた精霊の種類にだけど。最初は俺と縁がある守護する神々の中から、契約内容とか相手によって出てきてたのに。最近は契約相手と縁の強い神が出てきて、契約をガチガチにしてゆくという……。

「精霊語を流暢に話していても誰も突っ込まないんだな……」

ディノッツソの肩の上で、猫船長が尻尾をぴったんぴったんしてる。

「おかげでアタシも精霊語の新しい単語をだいぶ覚えさせてもらったわ。意思の疎通《そつう》ができるかは別としてだけれども。……ここ、大々的に改装する気配ね。その前に記録に残させてもらいたいわ、時間はあるかしら？」

「どうぞ？」

俺が精霊と喋ってたことについて、さらりと流すハウロン。

ハウロンはスケッチブックを取り出し、何やら描き始めた。ドラゴン解体の時もやってたな、そういえば。

「さて、じゃあハウロンが作業してる間、ご飯にしようか」

「おう！」

嬉しそうなディノッツソ。

「……デザートは？」

キールは相変わらず甘いもの好き。料理に味があることにも喜んでるけど、甘いものは格別らしい。

本日はおにぎりとサンドイッチ。本当は地上の草原でって思ってたんだけど——暑いし、ちょうどよかったかな？　海を眺めながら食べよう。

ハウロンにもおにぎりを持たせ、お茶を回す。猫船長がおにぎりを不審そうに眺め、嗅ぐ。苦手だったらサンドイッチでもいいんだぞ？

おかずはおにぎりにもサンドイッチにも合うように、ミートボール、卵焼き、みかん。

「おー！　この肉団子、大好き」

ディノッソがつまんで口に入れる。ミートボールはディノッソ家に人気だ。

みかんの他にデザートはドーナッツ。キールが先に食べようとするから、まだ出さないけどね！

猫船長とか島の人以外もいるけど、果たして落ち着いて食べてくれるのか。あんまり必死になられると、島で食べさせてないみたいになる気がする。

実際は一般的な生活と比べて、たくさん甘いものを食べてるはずなんだけど。で、ハウロンが満足するまで、ソレイユたちと打ち合わせ。といってもアミジンの人にまだ話を聞いていないんで、計画しても覆るかもしれないんだけど。

猫船長、レッツェやディノッソ、執事の意見も聞きつつ。半眼で眺められつつ。

キールはドーナッツを死守しつつ。いや、誰も奪わないからね？

そしてハウロンはまた連れてくることにして、船に戻る。――いつまで経っても終わらないんですよ、ハウロンスケッチ。


「うわぁ……」

「……にゃぁ」

先頭のディノッソと猫船長が声を上げる。

猫船長、にゃあ？　にゃあなの？

「お前……」

「……これはまた、風景が変わっておりますな」

レッツェと執事の言葉に前を見る。

対岸では精霊による忖度《そんたく》港工事が起工していた。

「あー……」

思わず遠い目をする俺。

「キャプテン・ゴート！」

小舟を漕いでくれた船員さんが、縋るような目で猫船長を見る。

「落ち着けってても無理か。たぶん悪いもんじゃねぇから、慌てて海に飛び込んだりすんなよ？」

そう答える猫船長の視線が俺固定なんだけど。

帆船が停泊してる方の崖の壁が、どんどん抉れていっている。明らかに俺が線をつけたところを目印に。

さらさらからからと音を立てて、対岸の風景が変わってゆく。猫船長の船の上から叫び声が聞こえるが、そっちの声が耳につくくらい、この規模の変化としては静かに進んでいく港の工事。

抉れた分の白い石は、竜の指先に積み上がってゆく。塔というか、灯台《とうだい》を作る気満々ですね。俺も作ろうと思ってたからね、わかります。

そこは夜陰に、夜陰に紛れて！　いやでもここ、目眩ましが効いてたんだった。じゃあ今でも変わらないな？

「よし、諦めよう！」

「諦めるな」

潔《いさぎよ》く宣言したら、レッツェに突っ込まれた。

「目の前のを止めろとは言わねぇが、次回こんなことがないように学習しろ」

むにんと伸ばされるほっぺた。

「ちょっとここの精霊、今はサービス精神が旺盛みたいなんで」

忖度、忖度度合いが高いんです。

「塔の屋根より規模がでかいな」

キールが驚いた風もなく言う。

俺の塔の露天風呂の屋根のことか？　やめてください、バラさないでください。

「……そうね、急に美術品や高価なものが現れるよりは……。塔から水が吹き出すのだもの、こんなこともあるわよね」

目が虚ろソレイユ。

なんだかんだ言って、ソレイユの好きな系統の『商品』以外は耐えるよね。隣のハウロンは膝をついてるけど。

「海も動けば陸も動くのか……」

ため息のように声を漏らす猫船長。

ちょうど船の乗り降りによさそうな高さが抉れ、回廊みたいなものができてゆく。少しだけ高さが三段階に変わってるのも希望通りだな、うん。

回廊のその辺には上への階段と、あっちの崖とこっちの崖、二本の指の付け根に降りる階段。

うん、うん、そこ砂浜ね。この辺では珍しいけどビーチも欲しいよね。そうそう、そこは徴《ちょう》税官《ぜいかん》と、上陸許可を出す人がいる部屋が欲しいよね。

あ～……。

「こういうのも歴史の書き換えと言うのでしょうかな？」

精霊による忖度工事を眺めて呟く執事。

「ハウロン、頑張らないと記録が間に合わねぇぞ。ほれ、こっちまで影響が及び始めた」

ディノッツォ。

「ちょ、ちょよっ！」

ディノッツォの言葉に、びっくりしたような顔をしてあわあわし始めるハウロン。

「終わってない、終わってないわよ！」

ハウロン起動。

「大丈夫、大賢者の記憶力ならなんとかなる」

お爺ちゃん、脳はまだ若い。１回見ればきっと大丈夫。

「まだ見てないところもあるでしょ！」

バタバタと走ってゆく。

お爺ちゃん、肉体も若い。さすがムキムキ、見たことないけど。

「あんたら平気そうだな……」

お髭が下がった、げんなりしたような雰囲気の猫船長。

「範囲外でございますので」

範囲外は考えることをやめて、線引きしているらしい執事。

「ここまで来ると、もうどうでもよくなってくる。命に関わるわけじゃなし」

慌てた様子もなく、むしろ楽しそうに周囲を眺めるディノッツォ。

なるほど、一線を越えると切り替わる。２人とも、さすが伝説の冒険者、落ち着いている。

「俺も見習って落ち着こう」

うっかり工事の先を考えてしまうと、精霊たちが止まらない。

落ち着いて何も考えないようにしよう。考えちゃった分はもうダメっぽいけど。

焦《あせ》るとどんどん考えてしまう。

土木工事だって住人――ここにはいないけど――お金が欲しい人に振った方が、経済が回って健全だろうし。

崖に回廊（？）とか部屋を作るのは大変だし、この辺はセーフってことでひとつ。ここの地盤というか石自体が、さらさら崩れやすかったのを頑張ってくれてるんだし。

人に仕事を頼んで、掘った石や削った石を海に捨てられたら微妙だし。結果的にはこれでよかった。

過程的にはレッツェたちの前ではやめて欲しかったけど！！！

「あの高さ、帆船と直接荷物のやりとりが……」

「人と荷のチェックは必ず通るあの場所、小舟を入れる場所は砂浜か、こっちの船着場しかない。砂浜は丸見えだし、どちらにしても階段を押さえれば……」

ソレイユの目に光が戻り、キールは相変わらず防衛面でぶつぶつ。

ファラミアは黙ってソレイユの後ろに控えて、平常運転。

「ここで小心者は俺だけか……」

レッツェが隣でため息をつく。

「レッツェ様がおられませんと、常識が揺らぎますので、どうぞそのままで」

「最近揺らぎっぱなしだし、一般社会に戻れなくなりそうだから、そのままでいてくれ」

執事とディノッツソ。

「うん」

特に俺が戻れなくなりそうなんで、いてくれないと困ります。

「おい、荷物はどうした？」

猫船長が尻尾をぴったんしながら船員に聞く。猫船長、俺より動揺が少なくない？　どんな状況でもやること優先なのすごいな？

「あ……。すんません！」

「す、すぐに！」

慌てて小舟を出そうとする船員２人。

「待て、……しょうがねぇな。すまねぇが、予定より時間が押す」

そう言ってソレイユを見る猫船長。

そういえば資材運んできたんだったっけ？

「いいわ。全体から言ったら、ここの整備はものすごく、ものすごく進んでいるわけだし」

ソレイユが変わっていく風景から目を離さないまま答える。

「船に戻りましょうか。ここも精霊の影響を受け始めたわ」

そう言いながらハウロンが奥から戻ってくる。

工事現場は危ないからね。

「あー。あっちの通路？　は終わったのか。荷下ろしの場所の詳しい指定はなかったが、そこでもいいか？」

「ええ。構わないわ」

猫船長とソレイユがやりとりしている間、猫船長を肩に乗せたディノッソが立ち位置というか、向く方向にちょっと困っている気配。

というわけで、帆船に移動。

パニック気味だった船上は、猫船長の帰還に落ち着きを取り戻した。

「船を寄せろ。あそこに荷を下ろす」

猫船長の一言で今度は無言になったけど、特に異議を口にする者もなく作業が始まる。

「海の深さは大丈夫っすが、他は色々大丈夫っすかね。ロープを結ぶとこはなさそうっす」

おっかなびっくり作業を進める船員たち。

「係留柱《ビット》代わりになるようなもんはねぇか」

ビット……。マドロスさんがパイプ咥えて足かけてるやつか。——そう思ったら、ボコっと崖の抉れた場所に、いくつか先の曲がった、どっしりした出っ張りができた。鉄じゃなくって石だけど。

「……」

猫船長が半眼になる。

船の側面からロープが何本も投げられ、いくつかのビットに上手く引っ掛かったロープを引いて、船を寄せる。普通はビット側にも人がいるのかな？　でもなんか船員たちは慣れている感じ。

冒険航海もするって言ってたし、人のいない岸につけることもあるのかもしれない。……猫船長も海賊やってるとかじゃないよね？　いやでも、敵対する国相手に攻め込むのは正規の海軍になるのか？

こっちの世界は海軍と海賊の境界が曖昧《あいまい》すぎて世知辛《せちがら》い。海賊だけじゃなくて、陸路も関所なのか追い剥《は》ぎなのかわからないとこ多いしな。

船が崖に寄せられ、板が渡される。身軽な船員が先に飛び移り、ロープを結び直して船を固定する。

大きな波はないけど、崖に当たらないかちょっとドキドキする。船の方も当たってもいいようにはなってるみたいだけど。

それにしても太いロープが何本も飛ぶのって、爽快《そうかい》な感じで面白かった。結ぶのもあっという間だったし、すごい。ロープも確か結び方ってあるよね？　早技《はやわざ》でわからなかったからあとで調べよう。

船倉から荷が運び出される間、邪魔にならないところで待機。――うろうろしてたら捕まえられて、船長室に連れ込まれたとも言う。

「これは？」

そしてここも、色々変わった道具がある。

海図を描くやつとか、航海用のアストロラーベ――天体観測用計算盤とか、この辺は以前見せてもらった。

「ノクタールだ。軸星《じくぼし》と時星《ときぼし》のある角度で、もっと正確な時間を測るもんだ」

「へえ」

軸星というのはこっちの北極星みたいなもので、北の空で動かない。時星というのは軸星の周りを時計の針みたいに回っているんで、季節によってずれは出るけど、その位置で大体の時刻がわかる。

大体じゃなくってもっと詳しく時間がわかる道具か。ちなみに昼間は日時計の、やっぱり色々な目盛りと数字と記号のある版。

細かい目盛りと記号がついた道具が他にも色々ある。航路決めるのって、面倒そうだな。どんぶり勘定してたら、岩礁《がんしょう》に乗り上げたり色々大変なんだろうけど。

「本当にいろんな道具がある」

船長室、道具がいっぱい。

箱に入ってる羅針儀《らしんぎ》っていうのが、コンパスなんだってことしかわからない。いや、望遠鏡とかはもちろんわかるけど、他の六分儀《ろくぶんぎ》とかどうやって測って何を算出するのか謎。場所を特定するんだろうな、とは思うけど、目盛りが何を示すかさっぱりです。格好いいけどね。

「外海を航海するには最低3つの道具が必要になる。針路《しんろ》を決める地図、動かぬ北を探す羅針儀、そして太陽と月と星の位置を捉え、緯度と経度を決定する器具だ。前2つは単純なんだが、最後は面倒でな。3つと言いつつ色々あるのさ」

猫船長が言う。

地図と羅針儀はわかる。

「この辺の道具は、全部船の場所を出すやつ？」

飾りのように置かれた、磨かれた真鍮《しんちゅう》の道具を見る。

この謎の道具は大体の緯度か経度を測るものなんだな？　たくさんありすぎる。緯度と経度って、本当はなんて言って何を表してるんだろ。元の世界でも座標の概念って紀元前からあるみたいだし、そのまんま？　縦線横線とか。0度がどこかしらないけど。

それはそうと「決定する」道具っていうのが、そもそも元がぐらぐら動いてそうで正確さに欠ける雰囲気がプンプンするんですが、それは……。

「ああ。ほとんど飾りだがな」

「飾りなんだ？」

「実用品はその役目の船員が持ち歩いてる。ここのはどっかの商会にもらったもんだが、軽すぎて外海の甲板じゃ風に振られて役に立たねぇ」

飾りみたいだと思ったら、本当に飾りだった。

まあでも、場所によっては使えることは使えるんだ？

「これは？」

扱えると格好よさそうだけど、なかなか面倒そうな道具がいっぱい。と、思ってたら、透明に近い水晶のプレートみたいなのがあった。

「サンストーン、曇《くも》りの日に太陽や星の位置を探すもんだ」

「北の海でよく使われるものね？」

ハウロンが覗き込む。

「ああ。こっちは大概《たいがい》晴れだからな」

猫船長が言う。

猫船長は北の海も行動範囲らしい。バイキング猫船長。

「こっちは？」

サンストーンの隣に、小さいけど同じようなのがごそっと置いてある。何に使うんだろう？

「割っちまったのを集めてそのまんまだ。持ってっていいぞ」

あっさりと猫船長。

単に割れたものだった。

「じゃあ、１つもらう。ありがとう」

ひし形の欠片を1つつまみ出す。

透明だけど、ヒビなのか真っ直ぐな線がいくつも入ってる。

「ああ、旅人の石の色違いか」

覗き込んだレッツェが言う。

「旅人の石？」

「旅人がお守りに石を持ってくことがあるんだが、そのうちの一つだな。石の種類は地域や信仰で変わるが、大抵青っぽいのか、ものが二重に見えるのだな」

そう言ってレッツェが大きさを測るやつ――革袋の内側に縦横の線で縫い取られた正方形が並んでて、紐《ひも》を緩めると平らになるやつ――の上にサンストーンの欠片を置く。

「あ、本当だ。線が二重に見える」

サンストーンの欠片の下の、1本のはずの線が2本に見える。

光学的異方性だっけ？　光が入った方向によって違う進み方をするやつ。2つに分かれたり、色が変わって見えたり。二重に見えるのはそのせいだね。

「面白い」

「気に入ったなら全部持ってけ。そのうち海に投げようと思って忘れてたもんだ」

猫船長。

「海に捨てるの？」

「そこにガラスの欠片や宝石を投げ込むと、魔物に襲われねぇって言い伝えの場所がある。船がよく通る場所なんで、魔物の方は信じてねぇ奴がほとんどで、ただの習慣だが」

「へえ」

長年の習慣なら海の底がすごいことになってそう。

「じゃあありがたく。ティナたちへのお土産にしよう。ディノッソ、渡しといて」

「おう。あんがとさん」

ディノッソの分も含めて家族分手渡す。

「俺にも1つくれ。話の種だ」

レッツェも1つ。

「ハウロンとノートもいる？」

「遠慮いたします」

「大きいの持ってるわ」

2人には断られた。

いろんな道具について、どうやって使うのかとか、色々聞いているうちに無事荷下ろしが終わり、出航。泥棒どころか人がいないので、荷物はシートをかけて置きっぱなし。近づくのは海鳥くらいか。

「……次に来る時はもっと変わってるんでしょうね」

ハウロンが過去を懐かしむような遠い目で城塞を眺める。

この城塞ができたのもつい半日前のことですが。

石の精霊たちは、細かいのから姿を確認できる者まで、白い女神の復活で歓喜《かんき》に震え、女神の影響で満ちた力を持て余していた感じ。俺も女神を引き上げるために、魔力を渡してしまったし。

あんなに無気力というか、消えることを受け入れて流されていた精霊たちが、やる気に満ち溢れた姿は、嬉しいような、やりすぎを止めたいような……。

まあ、持て余した力が変な方向に向かって大規模な地殻変動とか起こされるより、小規模で収まってよかったってことで。

白い石って、俺の島もそうだけど、カヴィルからタリア半島まで全部テリトリーなんだよね。

参加したい気配が伝わってきて困りました。

言ったら嫌がられそうだから言わないけど！

外伝1　普通とは

「うわぁ……」

「……にゃぁ」

王狼が海を眺めて声を漏らした。そして俺も、すぐに同じことをする。


目の前で、船の係留所が崖にできてゆく。


人が行う土木工事じゃねぇ。精霊が動く——崖の白い石そのものが動いて、組み変わってゆく。継ぎ目もなしに出来上がる崖の中には、船縁の高さに走る真っ直ぐな通路。

霧に覆われて隠される島も、謎を解かねば開かぬ海峡の入り口も——世の不思議とはいくつか遭遇している。

でもそれは大昔の、精霊と人間がまだもう少し近かった頃の大掛かりな仕掛けだったり、人を拒む精霊たちの住処《すみか》へ続く古い道だったりだ。

今この時、この場所で起こっているような、前振りなしに突然始まるようなもんじゃない。

「お前……」

レッツェと呼ばれる男が半眼であの男を見る。俺の目もたぶん半眼になっている。

「……これはまた、風景が変わっておりますな」

どこか諦めた声音のノート。あまり表情の変わらなぇ男だが、さすがに驚いているようだ。

「あー……」

どう考えても原因のあの男が呻く。

「キャプテン・ゴート！」

俺の船員が縋るような目で助けを求めてくる。

「落ち着けっても無理か。たぶん悪いもんじゃねぇから、慌てて海に飛び込んだりすんなよ？」

思わず男をジト目で睨《にら》みながら答える。

助けを求められても、この現象は俺には止められない。

こうしている間にも変化は続く。どうやら俺の船の船縁の高さに合わせて、通路が作られていっている。崖の壁面に真っ直ぐに。いや、帆船5隻分の距離程度で一段ずつ上がってゆく？

ああ、満載と空《から》とで、どれほど船の高さが変わるか聞かれたな。大体何が出来上がりつつあるかわかった。何がしたいかはわかりやすい男なんだな、コイツ。

ただ、絶対できねぇだろうって現象が起こるだけで、うん。起こすなよ。

そっちの声が耳につくくらい、この規模の変化としては静かに進んでいく港の工事。

と、するとあの岬の先にできつつあるのは物見櫓《ものみやぐら》ではなく、灯台か？　滅びの国にあると
いう、消えない火が灯《とも》りそうで怖いんだが。

「よし、諦めよう！」

おい。

お前、制御できないのかよ！

「諦めるな」

唖然《あぜん》としていると、レッツェが突っ込んだ。相手がどんなものかわかっていないのかもしれ
ないが、勇気ある行動だ。船員が怯《おび》えているから、ぜひ止めてくれ。

「目の前のを止めろとは言わねぇが、次回こんなことがないように学習しろ」

今回は諦めるのか⁉

いや、セリフからすると、今の現象はコイツが起こしているとわかった上で——コイツがど
んな存在だかわかって止めたってことか？

「ちょっとここの精霊、今はサービス精神が旺盛みたいなんで」

海神セイカイ、おそらく風の系統の精霊、この崖の精霊——どんだけ配下に収めてるんだ？

しかも望みをすぐさま叶えるほど強力に！

「塔の屋根より規模がでかいな」

「……そうね、急に美術品や高価なものが現れるよりは……。塔から水が吹き出すのだもの、こんなこともあるわよね」

待て。

もしかして、この連中は慣れている……？　これに？

「海も動けば陸も動くのか……」

ああ、短い付き合いだが、その間、俺もすでに何度か目を剝くような事象を体験している。この連中の付き合いがどの程度なのか知らねぇが、たくさんの不思議に遭《あ》っているのだろう。

「こういうのも歴史の書き換えと言うのでしょうかな？」

「ハウロン、頑張らないと記録が間に合わねぇぞ。ほれ、こっちまで影響が及び始めた」

「ちょ、ちょっ！　終わってない、終わってないわよ！」

大賢者が慌て始める。

「大丈夫、大賢者の記憶力ならなんとかなる」

「まだ見てないところもあるでしょ！」

男に無責任に保証されたことを否定して、文句を置いて走ってゆく。

「あんたら平気そうだな……」

俺だけか？　得体《えたい》の知れないコイツに慎重に距離を置いているのは。

「範囲外でございますので」

「ここまで来ると、もうどうでもよくなってくる。命に関わるわけじゃなし」

ノートの涼しい顔、王狼は楽しんでいる風さえある。

「俺も見習って落ち着こう」

って、アンタはいきなり「俺は関係ない」って顔に変わるんじゃない！　完全にこの風景の変化を眺める方にシフトしやがった！

「あの高さ、帆船と直接荷物のやりとりが……」

「人と荷のチェックは必ず通るあの場所、小舟を入れる場所は砂浜か、こっちの船着場しかない。砂浜は丸見えだし、どちらにしても階段を押さえれば……」

この事象に驚いていたくせに、もう先を考えている商人は逞《たくま》しい。俺はこの女にも勝てないかもしれない。従業員は何か別なことも考えているようだが。

「ここで小心者は俺だけか……」

いや、ため息をつくアンタも全く動揺してるように見えないぞ？

「レッツェ様がおられませんと、常識が揺らぎますので、どうぞそのままで」

「最近揺らぎっぱなしだし、一般社会に戻れなくなりそうだから、そのままでいてくれ」

「うん」

いや、どういう会話だ？

――はぁ。

「おい、荷物はどうした？」

俺たちが船を離れてすぐにあの現象が始まったのか、荷を運ぶはずの小舟はここにあり、積み上げられているはずの荷はここにない。

気持ちはわかるがな。

「あ……。すんません！」

「す、すぐに！」

慌てて小舟を出そうとする船員たち。

「待て、……しょうがねぇな。すまねぇが、予定より時間が押す」

指示を出せば船員は動き出す。俺が動揺せずに指示を出せば、安全――もしくは乗り越えられる状況だと認識する。それくらいの信頼は勝ち得ている。

「いいわ。全体から言ったら、ここの整備はものすごく、ものすごく進んでいるわけだし」

「船に戻りましょうか。ここも精霊の影響を受け始めたわ」

戻ってきた大賢者の言葉を追うように、足元の海から石が上がってくる。

小舟に乗り込み、船に帰還する。

船員たちを落ち着かせるためにも、やるべきことの指示を飛ばす。

「あー。あっちの通路？　は終わったのか。荷下ろしの場所の詳しい指定はなかったが、そこでもいいか？」

「ええ。構わないわ」

「船を寄せろ。あそこに荷を下ろす」

安全は確保されているはず、だ。


「係留柱代わりになるようなもんはねぇか」

誰かが言う。

すぐに猫の鍵《かぎ》尻尾みてぇな係留柱が等間隔にいくつもできる。思わずそれを望んだ奴を見ると目を逸らされた。

ソレイユ＝ニイ、ジーン、精霊王。なんと呼ぶのが正しいのかよくわからねぇ。人間と言い切るには浮世離れしすぎてる。精霊にしちゃこっちのあれこれに関わりすぎている。

精霊王なのは間違いないが、力の使い方がおかしい気がする。力を振るっているというよりは漏れ出しているのか？

無理に枠に嵌める必要はないんだが、何者かわからねぇ不安ってのはある。俺的には最終的に何をもたらすつもりなのか、目的がわかれば何者でも、どんな力を持っててもいいんだが、コイツには最終的な目的が特になさそうなのがな、困る。

俺の船員たちは不思議には慣れている。まず俺がこんななりだし、一緒に航海して、一緒のモノを見ている。だがきっと、今起こっていることが今までと質が違うなんてことは、露ほども思っちゃいねぇ。

びっくりはしているものの、指示を出したあとは、普段通り接岸する仕事を捌いている。頼もしく思えばいいのか、もう少し考えろと言うべきか。昔から定められた不思議じゃない、ここにいるコイツの考えで、全てがひっくり返るんだぞ！

「やたら平らだ」

「お綺麗だが、濡れたら滑りそうだ。気をつけろ」

「うをう！　床に刻みが入った！」

船員の慌てた声と、甲板であわあわしている原因たる男。顔からすると、やろうと思ってやったことではないらしい。

……少なくとも、すぐに作り変えようと思ってやっていることではないらしい。やっぱり力が漏れ出していて、制御できてねぇのか。

――厄介だな。

と思ったところで、レッツェが船室に続く扉の中に奴を引きずり込んだ。

なるほど、見なければ新しい望みの形は想像しにくい。目立たない男だがいい仕事をする。

「どこに荷を積み上げるかは、この男に指示してくれ。――作業が終わるまで俺の部屋で待つぞ」

ソレイユに言い残し、レッツェと奴の隣をすり抜け、先になって歩く。


「これは？」

幸いなことに、俺の部屋にはこの男の興味を惹くものがたくさんあった。

「ノクタールだ。軸星と時星のある角度で、もっと正確な時間を測るもんだ」

「へえ」

小さな望遠鏡のついた六分儀《ろくぶんぎ》やら、象限儀《しょうげんぎ》とも呼ばれる円の4分の1の形をした四分儀《しぶんぎ》。俺も使えるが、定期的に測って記録をつけるのは決まった船員がやる。

「この辺の道具は、全部船の場所を出すやつ？」

「ああ。ほとんど飾りだがな」

「飾りなんだ？」

「実用品はその役目の船員が持ち歩いてる。ここのはどっかの商会にもらったもんだが、軽すぎて外海の甲板じゃ風に振られて役に立たねぇ」

真鍮は綺麗に磨かれ、小型化し、下手すりゃポケットにも入る。風のない内海でなら重宝するだろうが、一番必要な外海じゃ役に立たない。

内海は昼間なら晴れてる限り、どこか必ず陸が見えるからな。どの精霊が中心になったか伝わってねぇが、風の勇者とそういう契約を結んだらしい。

勇者は大抵呼び出した国のために働くだけだが、風の勇者はだいぶ広範囲に色々やって伝説を残している。

船と海が好きだったたって話だが、それでなんで陸を見たがったんだかわからねぇ。これじゃ湖でちゃぷちゃぷやってても同じだろうに。

そもそもなんで勇者って呼ばれてるかさっぱりなんだが。まあ新しい航路を見つけた俺も勇者だとか時々呼ばれるし、異界から渡ってきたなら勇者か。

シュルムが呼び出したってぇ光の勇者はどんなもんだろうな？　不穏な噂と、勇者が発案したって品の話がどっちも入ってくる。こっちに関わってこなけりゃ、陸《おか》で何やってたって構わねぇが。

「これは？」

「サンストーン、曇りの日に太陽や星の位置を探すもんだ」

考え事をしながら、質問された道具の名前と簡単な用途を答える。

「北の海でよく使われるものね？」

そう言って大賢者が覗き込む。

「ああ。こっちは大概晴れだからな」

この老人は大賢者と呼ばれ、短いながらも船まで飛んでみせた。

本物の『ハウロン』に間違いはねぇんだが、コイツに振り回されて形無《かたな》しだ。俺が心のうちでは俺の船員たちより動揺してるように、きっと大賢者も俺が知らない、いろんなものに思い当たって動揺してるんだろう。

それにしても動揺が丸出しなのはどうかと思うが。大賢者の理解する『世界の理屈』を知ったら、俺も叫ぶかもしれないんで突っ込まねぇが。

チェンジリングの2人と、その2人が警戒しているノートは別として、大賢者の従者かなんかだと思ってたレッツェって男が一番普通にしてるな。

船員たちみたいに騒がねぇし、俺みてぇに内心動揺してる風もない。王狼みたいにびっくりしつつも楽しんでいる風でもなく、「ああ」と呆れながらそのまま受け入れ、観察しているよ

うな……。

「こっちは？」

「割っちまったのを集めてそのまんまだ。持ってってていいぞ」

サンストーンの隣、うっかり割った欠片。この石は北の海で使うもんなんで今はここに置いてあるが、実用品だ。高いんだが衝撃に弱くてよく割れる。

なにせ内海のここと違って、北の海はよく荒れる。おっかねぇんで予備も買っておかねぇと思うが、このあたりじゃ売ってねぇ。

「じゃあ、1つもらう。ありがとう」

「ああ、旅人の石の色違いか」

つまみ上げた隣、レッツェという男が覗き込む。

「旅人の石？」

「旅人がお守りに石を持ってくことがあるんだが、そのうちの一つだな。石の種類は地域や信仰で変わるが、大抵青っぽいのか、ものが二重に見えるのだな」

「あ、本当だ。線が二重に見える」

取り出した革袋を伸ばして、欠片を置いている。俺のところからは見えねぇが、会話からして革袋に線が入っているらしい。

よくまあ、あれだけ近づけるな？　ああいった存在は益ももたらすが、破滅にも近い。近づきすぎるのは危険だ。

かといって、俺の方もすでにコイツにもらった恩が1つ2つじゃねぇ。悪いモンじゃねぇのはわかってる。

「面白い」

……割れた欠片に喜ぶ姿は、怖がるような存在に見えねぇんだが。

「気に入ったなら全部持ってけ。そのうち海に投げようと思って忘れてたもんだ」

やたら嬉しそうにしている姿に毒気を抜かれる。

「海に捨てるの？」

「そこにガラスの欠片や宝石を投げ込むと、魔物に襲われねぇって言い伝えの場所がある。船がよく通る場所なんで、魔物の方は信じてねぇ奴がほとんどで、ただの習慣だが」

この辺じゃなく、北の海での話だ。

「へえ」

俺の話にサンストーンの欠片を感慨深げに眺める。

「じゃあありがたく。ティナたちへのお土産にしよう。ディノッソ、渡しといて」

「おう。あんがとさん」

「俺にも1つくれ。話の種だ」

気軽なやりとりをする3人。ここだけ切り取ってみると、とても普通なやりとりだ。

1人は精霊王、1人は伝説の王狼、もう1人は名もなき男。

——目の前のことに驚きはするが、それで動けなくなるってこともない。異常な中で普通でいられるってのは、普通か？

コイツの扱いに慣れてるみたいだが。——レッツェという男、もしやこの精霊王の守護持ちか？

この状態をそのまま受け入れるのに、俺は多大な苦労を払っているのだが？　あんた、度量が広すぎないか？

外伝2　流浪の民

お土産にもらってきたサンストーンの欠片を眺める。

『細かいの』がたくさん入っていって、中で2つに分かれ、小さな精霊になって出てくる。光の精霊、色の精霊、とても小さいけれど精霊だ。全く同じ双子のような精霊が出てくることもある。

ティナたちへのお土産は、ディノッツォに託した。精霊は見えないだろうけど、文字なんかが二重に見えるのは楽しめるはず。

サンストーンは特定の方向の結合が弱くって割れやすい。「特定の方向」なので、ひし形の欠片がいっぱい。中に入っているヒビも揃って同じ方向。なかなか面白い。

旅人の石っていうのも見てみたいな――

――ってことでやってまいりました山岳地、タリアと中原を分けてる山脈の北側の一部。なんでかっていうと、エシャって呼ばれる、エスの方から海を渡ってきた流浪の民がいるから。

まだ戦火が弱かった頃は、馬車で中原を旅して回ってた民。

各地の祭りや葬儀を巡りながら、陽気な歌や悲しい歌、明るく元気な踊りや静謐な夜に響く楽の音で生計を立ててたそうだ。

その民から分かれて、厳しい山岳地を定期的に移動しながら暮らしている民に会うために来た。たぶん習慣として、山岳に残った人たちにも「旅人の石」は残ってるんじゃないかって、レッツェに聞いて来ました。

さすがに中原中をどこにいるかわからない人たちを探して歩くのはきつい。俺も会ったことがないから、イメージが定まらなくって。精霊に聞いても正しい情報が返ってこない気がするし。

なおエスの方から来ただけで、エスの人ではないとのこと。これもレッツェ情報、「水道局の方から来ました」みたいだね。


『こんにちは』

『こんにちわ～』

『この山のこっち側に人の集団っている？』

『いるよ～』

『どこにいるか教えて』

そう言って魔力を少し分ける。

『こっち～』

『え～、今はこっち～』

『さっきはあっち～』


狭い範囲で、他に人がいなければ簡単にわかるかと思ったんだけど、ちょっと難易度が高そう。山歩きすること数時間。

黒いような針葉樹と、遠くに見える同じ山系の陰影の濃い山々。この山もそうだけど、半分から上くらいは岩山。

エシャがいるとしたら針葉樹の範囲なんだけど。

途中、美しい湖のあたりで天幕を建てた跡を見つけ、大きな岩の前で焚《た》き火《び》の跡を見つけ、林の中で木を切り倒した跡を見た。

風景は綺麗、綺麗なんだけどね？　移動しすぎじゃないですか？　まあ俺も土偶ちゃんの喜びそうな木を【収納】したり、アメジストとかメノウが採れるって精霊たちに教えられて、つい寄り道したりしてるんでいいんだけど。

エシャの人たちが掘ったのか、それとも違う人が掘ったのか、坑道があった。ずいぶん古いみたいで、入り口は苔《こけ》だらけだし、半分洞窟っぽい。

入り口はそうでもなかったけど、中の石は白っぽい、かな？

『わははは！　どんどんいこう、どんどん！』

ここは水晶が採れるらしくって、石の裂け目にエクス棒の石突をガツンっと突っ込んで叩き割っている。

岩の裂け目に石英《せきえい》の結晶が形成されてるんだよね。なので正しくは、裂け目の間に挟まった石英をがつんがつんやってる。その中の綺麗な水晶を求めて。正直もっと透明な水晶が露出してるのをイメージしてたんだけど、ここはそうじゃなかった。

これハンマーで叩き割って、目当ての水晶が見えたら鏨《たがね》かなんかで掘るんだろうな。そう思いながら、鏨より硬いエクス棒を、ハンマーより勢いよくがつんと石のヒビに打ち込んでいる俺です。


『わははは！　崩れる、崩れる！』

『あたり〜』

『ここはあたり〜』

『色がないのあったよ〜』

『向こうが見えるのあった〜』

『尖《とが》ってるよ〜』

『くっついてるのもある〜』


洞窟探検隊です。メンバーは俺とエクス棒と精霊たち。うっかり目的を見失ってました。途中で気づいたんだけど、エクス棒も精霊たちも楽しそうなんでいいかって。予定は俺だけのことだしね。


一通り水晶掘りで遊んで、湖畔でお昼。水は透明だけど、空の鈍色《にびいろ》と針葉樹の黒を映して、鏡みたいに黒いような銀色のような色に見える。

新緑の明るい緑もいいけど、こういうのもいいね。昨日は暑いとこにいたんだけど、今日はとても涼しげ。実際涼しいんだけど。

『くぅ〜、美味いぜご主人！』

エクス棒が大きく口を開けて頬張ってるのはピタパンに挟んだケバブ。香辛料に漬け込んだ鶏肉を焼いて、表面を削ったしっとり香ばしい肉に、千切りキャベツ。肉とレタスの千切りにトマトスライス。甘辛いソースと少し辛めのソース。

つついて食べて満足したエクス棒が姿を消す。大体食べたあとって消えるんで、昼寝をしている疑惑。食ってすぐ寝ると逆流性食道炎になるぞ？　大丈夫か？　いや、その前に横になってるかは謎なんだけど。

静かな湖畔で食休み。カッコウの声は聞こえてこないけど、遠くで鳥が囀《さえず》ってる。


「こんにちは」

当初の目的の、エシャの集落を発見したのはそれから少しあと。思ったよりもずいぶん時間がかかった。

獣《けもの》の皮と布でできた天幕がいくつか、その周りにその辺の木の枝を重ねた簡単な境界。この場合、塀《へい》でもないし柵《さく》でもない、なんて呼べばいいの？　垣《かき》？

移動しているので集落には塀はない。塀はないけど垣はある。うろ覚えだけど、塀と垣を構造で分けると、垣は生け垣など見通しが可能な境界、塀は見通しが利かない連続性のある壁って聞いたことがある。

というわけで、なんか木の枝が適当に積んであるのは垣なんだと思う。

でも石垣も垣じゃない？　この分け方で大丈夫？　石垣は上から周りが見えるからいいの？

石塀は見えないもんね？

こっちに来た当初は逃げる手段もあったし、観察して大丈夫そうならずかずか入ってってたんだけど、安全以外にも多少気を使うようになった。

外部との接触自体を嫌がる人たちもいるしね。とりあえず今回は旅人の石が目的なので、話も聞きたいんだけどどうだろう？

集落の天幕の外には、俺と目が合う距離に何人かいる。くすんだ金と銀の腕輪やバックル、ネックレスがたくさん。服は少し色褪《あ》せてるけど、赤と黒の組み合わせとか黄色と紫とかの派手な色合い。男性も女性も髪が長くて、髪の先にいろんな形のビーズがたくさんついている。で、たぶん、伸ばされた鬢《びん》の左右についてる円環《えんかん》が旅人の石。

「何だ？　お前、この山を登ってきたのか？」

声を聞いた何人かが俺を認識して、その中で一番ガタイのいい男が近づいてきた。集落を代表して俺がなんのために来たか確認、って感じなんだろう。

「はい」

登ってきたというか、あちこち彷徨ってました。

「急にすみません。俺は今、『旅人の石』というのを調べていて。その髪飾りを見せてもらえますか？　代わりに塩をお渡しできます」

俺はそれ以上足を進めず、集落の中に入ろうとは思っていませんアピール。エシャは外ではフレンドリーだけど、身内の結束が固くて、内に人を入れるのは稀だって聞いている。

「この石か？」

「ええ。その石です」

男は困惑したように自分の髪の先に飾った石を手に取る。髪ごと手に取られた暗い青い石は、円環になっていて、そこに髪が通してある。髪は折り返されて紐で巻かれて、円環の下にはやっぱり同じカラフルな紐の飾りがついてる。


『うん、うん。その石』

『知らないところに行くと、どっちに向かうのがいいか教えてくれる』

『危険から守ってくれるのもあるけど、これは行く道』

『戻る道』

『帰る道』

『道だね～』

『道だよ～』

と、周囲で精霊が言ってるのでその石で間違いないです。他にも種類があるみたいだけど、確実に会えそうなのがここだった。そのうち他も集めたいね、旅人の石。

すみません、怪しい者ですがその髪についてる石を見せてください。とストレートに聞けたら楽なんだけど、難しい。

なので手土産持参です。

「塩……」

男の目が揺れる。

保存できるもので、山の中では手に入りづらい食料品なら間違いないかなって。今は中原の争いが広がったせいで、放浪すると稼《かせ》ぐどころか逆に身ぐるみ剥がれるというか、格好からして明らかに外部の人間だってわかるエシャは、迫害《はくがい》の対象になりかねない。

「中に入らずここで構いませんので、その髪飾りの石について謂《いわ》れを語ってくれたら」

背負っていた鞄《かばん》から塩の袋を取り出し、袋の口を緩めて、近くの倒木の上に中が見えるように置く。

「これはバター。――もし余っている石を譲ってくれるならば、もっと嬉しいですが」

塩の隣にこれみよがしに並べる。

塩の袋と蕗《ふき》系の大きな葉で包まれたバターをいくつか。語ってくれるだけなら塩、その石をくれるならバターもつけます。どっちもこの集落の全員に少量なら行き渡るし、男が独り占めしたらかなり保つ量。

「どうでしょうか？」

男の視線がその2つに釘付けになったところで、にっこり笑ってダメ押し。

「父さん……！」

小さな男の子が手に何かを持って、走ってきて止まる。俺がいるから垣の外に出るのを躊躇《ためら》っているみたい。

俺と男の顔を交互に見、男に手の中のものを見せる。

まだ小さい手の中には青色の円環。たぶん、こっちの会話を漏れ聞いて、自分の家——というか天幕から使っていないのを持ってきたんだろう。

エシャの人たちは放浪するから、財産は大体身につけてる。そして、いざとなったら身一つで逃げられるように。

「……」

男が子供に手招きする。

戸惑いながらも寄ってきた子を撫でて俺を見る。それに釣られて子供も俺を見て、そして小さな手が差し出される。

「ありがとう」

やった、青色の旅人の石ゲット！

「ごめんね、それ欠けてるの。でも色がいっとう綺麗なんだよ！」

ああ、本当だ。欠けて輪が繋がってない。でもその欠けた小さな部分もちゃんと俺の手に載せられている。サンストーンと同じ石なら元々欠けやすいし、しょうがないね。

大昔に剥がれて離れた白い石の精霊がくっつけたんだから、これもくっついてくれるかもしれない。欠けた部分があるのとないのとでは大違いだ。こんな小さな欠片まで取っておくってことは、きっと大事にされてたんだろうな。

「飾り紐は家族とか大切な人につけてもらうんだよ！　その人のところに戻れるようにってね！」

「なるほど」

この欠けたとこって、髪か紐で引っ張られて欠けたんだな？

「生まれた時は1つだけど、お嫁さんをもらったら2つになるの」

あ、本当だ。男の子の円環は1つだ。

「髪につける場所はどこでもいいんだけど、手に取ってキスできるところだよ！」

旅人の石、愛の石とかに名前変えた方がよくない？

「ありがとう。素敵な石だね」

採れるところを聞きたいけど、内緒なんだろうな。警戒されたくないし、ここでは聞かないでおこう。あとで精霊に聞くけど。

「これはお話のお礼に君に。甘い飴玉」

飴の入った瓶を1つ、男の子の手に載せる。

「ありがとう！」

きらきらした顔で、両手で持った瓶を見る男の子。

「君の石も見せてもらっていい？」

「石に触っていいのは仲良しな人だけなんだ。――でもお兄さんのこと好きだからいいよ！」

ちらっと許可を求めるように男を見てから答える。飴の効果絶大！

「ありがとう。これ、模様は木の枝？」

髪ごと男の子の旅人の石を掬い取り、観察する。青は男より少し薄くて小ぶり、飾りの紐も少なめ。

「うん！　みんなそう！」

「へえ」

旅人の石の表面をなぞる。

「なんか光ってる……？」

「ええ？」

男の子が驚いて覗き込み、男もこっちを見る。

「この石が光るのは、道を示す時だと言われる」

「光の加減かな？」

いえ、この石の精霊が、今起きました！　みたいな顔して出てきたからですが、とぼけます よ！　ごめんね、道を示してなくって！　エシャの人たちに伝わるロマンを壊す気はないんで、石の精霊は引っ込んで引っ込んで！

「他に何か石にまつわる話はある？」

石から手を離し、話題を変える俺。

「んとね、昔ね——」

男の膝に座った男の子の話をいくつか聞く。たぶん、家族か集落の人が、男の子に話して聞かせてるんだろうね、結構いろんな話が聞けた。

今まで聞かされる方だったのに、俺に話せて満足したのか、男の子も得意げ。

「でね。僕たちはずっとずっと南から来たんだって。このお山がもっと低かった時に、海の向こうから」

「うん」

エスの方からやってきた人たちですよね。って山、低かったのか！　いつの時点かでにょっきりいったの？　普段地震がないのにやる時はやる感じ？　地殻変動ひどい。

「熱いのに焼かれて、王様が街を砂に埋めたんだって」

ん？

「悪い人もたくさんいたの。でも普通に頑張ってた人は王様が逃してくれたんだって！　この石はいつかそこに帰るための石でもあるんだよ！」

ん？　ん？

「火の王国？」

カーンの国、昔なんて言ったっけ？　緑の王国ティルドナイ？

「そうだ、俺たちエシャは、本当はシャヒラの民という」

男が真剣な眼差しで言う。

国の名前じゃないけど、絶対そうでしょ！　枝の名前!!

ハウロン！　ハウロン案件！　カーン、国民が山の中でサバイバルしてますよ！！！

「……ありがとうございます。塩とバター、多めに置いてきます」

どうしようか。

「もし、見たこともない火の国が本当にあったら、あなたたちは帰りたいと思う？」

帰りかけて立ち止まり、２人に聞く。

「ああ。帰りたいな。どこにいても結局は追い立てられる。自分たちがいていいと思える場所に焦がれるのは当たり前だろう」

「移動するのも楽しいよ？」

男の子が男を見上げて言う。

「ああ、帰るところがあればもっと楽しい」


そっと集落をあとにする。離れた木立の中で、精霊たちにこの人たちを見失わないよう頼んでおく。

もらった青い石に魔力を与え、精霊を起こす。大事にされてたものには精霊が宿ることが多いんだけど、大抵は眠ったまま存在さえ知られない。


『おはよう』

『おはよう』

さっきの男の子によく似た精霊。

『君は本当に進む道を照らすの？』

『円じゃないからわからないよ』

首を傾げる精霊。

『くっつける？』

『うん、くっつける』

そう精霊が答えると、欠片がくっついて綺麗な円環に戻る。人がずっとそばに置いていたものだから、意思の疎通がしやすい。

『僕が指すのは縁のある人のいるところ。縁のあるもののあるところ。円は縁だよ』

『なるほど？』

その方向を指すのか。

『願いを込めて僕をこの形に作った人、その人がいなければ、その人のいた場所を指すよ。でもその前に、僕を綺麗に飾って、結びつけてくれた人のところだね』

『この石は家族なんかで引き継がれて、新しい飾り紐で縁が結ばれる？』

『うん。そんな感じかな？　僕は今、飾られてないからよくわからない。結ばれてないから結ぶ先もわからないんだよ』

なるほど？

透明と青では少し効果が違うっぽいことだけはわかった。使い方も違うしね。

名前も名乗らず、聞かないままだったな〜と思いながらカヌムへ。

「ハウロンいる？」

「いるぞ〜？」

答えたのはディーン。

「なあに？」

本人もいた。

最近は国の方も忙しいみたいで、カヌムの貸家で会える率が下がってる。まあ、大体カヌムか砂漠の王国か、どっちかにいるんだけど。砂漠は暑いし、王国に行ってる時はハウロンもどうせ忙しいから行かないだけです。

「ジーン、いらっしゃい！」

クリスが相変わらずキラキラしてる。

貸家にはディーン、クリス、ハウロン。

「なんか昔の火の国の末裔《まつえい》見つけたけど、どうする？」

「ぶっ！　なんで!?」

何でと言われましても。

「猫船長がくれたサンストーンというか、旅人の石あるだろ？　あれの他のやつを見てみたくて探しに行ったらいいた」

「どこに⁉」

ハウロンが目を剥いている。

「中原を放浪してるエシャが、シャヒラの民だって。あたりをつけてくれたのはレッツェ」

「おい、俺は旅人の石をエシャが持つ習慣があるって教えただけだろ」

そう言いながらレッツェが入ってきた。

脱いだローブを振るい、椅子の背もたれに掛ける。服装からして外帰り、今日はこっちの空は、小雨模様。

「お帰り」

「ただいま」

俺と言葉を交わし、ディーンとクリス、ハウロンに軽く手を挙げて挨拶する。

「で、もう行ってきたのか？」

「うん。青いのもらってきた」

もらってきた旅人の石を出して、見せびらかす俺。

「初対面だろ？　よくもらえたな……」

もらったのは割れてるのだったからね。

「陽気でフレンドリーでもどこか一線を引かれて、最後には離れることになる。難しい民族だって聞くのに……。ってそうじゃなくって、シャヒラの民ってどういうことよ？」

「エスの方から来ました、が、さらに南のシャヒラから来ましただったみたい。焼けて砂で埋もれた国の口伝っぽいのを聞いてきた。本当かどうかっていうより、その国がカーンの国なのかどうかの判断は俺には難しいから、直接会って判断してくれ」

他にそんな国ないだろうと思うけど、火の時代にはいっぱいあったかもしれないし。というか、火の精霊が暴走だかしたならどの国も焼けた可能性。名前がシャヒラなんだから大丈夫だと思うけど。

それにしてもエシャって、エジプシャン的にエスシャンの略かと思ってたんだけど、シャヒラのシャなのか？　エスを渡ってきたシャヒラの民の略？

「わかったわ、アタシが行ってみて、確実そうならティルドナイ王をお連れするわ。王はお喜びになるでしょうけれど、もし違っていたら申し訳ないし……。明日にでも連れていってもらえるかしら？」

「お昼以外ならいいよ」

「急いで予定を終わらせるから、３時頃はどうかしら？」

「はいはい。俺が塩とバターは持ってったから、何か持ってくならそれ以外で」

「……わかったわ」

エシャの現状は、たぶん俺よりハウロンの方が詳しい。

「数千年の時を超えて再会するのかい？」

「本物ならね。エスにも火の民は残っていたけれど、エスの民に混じって血が薄れてる。もしかしたらエシャの方が血が濃いかもしれないわね」

「そうだな」

男とその子供しかまじまじと見てないけど、２人ともよく見る中原の人たちより、浅黒い肌をしてた。カーンっぽい肌の色。口伝もいっぱい残ってるみたいだったし、民族の記憶というか自覚もエシャの方が濃そう。

「この欠片が導いたんだね！　すごいじゃないか！　ロマンだね！」

クリスがサンストーンの欠片を指でつまみ、目の前に持ち上げて光に当てる。サンストーンの欠片は、ティナたちの分を取ってもいっぱいあったので、クリスやディーン、アッシュにもあげている。

「この石が。日頃の行いか？」

こっちも欠片を取り出して手の中で転がすディーン。

「船では断ったけど前言撤回、アタシにもその欠片もらえるかしら？」

「どうぞ」

まだいくらかあるので、ハウロンにも1つ。


で、昼の予定が何かというと、アッシュとのご飯。

月に一度か二度はルタで遠乗りに出かけるし、週にいっぺんはご飯を食べている。健全に昼間の執事付きでだけど。

昼を用意するのは俺だ。

本日のメニューはカリカリベーコンのシーザーサラダ、冷たいパンプキンスープ、ステーキ、付け合わせに里芋《さといも》とプラムのソテー。

アッシュはディーンほどではないけど肉好きというか、牛ステーキ好き。甘いものほどではないけどね。

赤ワインで乾杯。

「このパンプキンスープは滑らかで甘い。肉の焼き加減も申し分ない。さすがジーンだ」

アッシュに褒《ほ》められながら機嫌よく食べ、最近あったことをお互いに話す。

アッシュはスカーの出る場所では魔物を狩る方だったけれど、レッツェに聞いて薬草もいくらか摘んだらしい。

俺の方からはエシャでの話。

「なるほど。それでハウロンが昨夜から慌ただしかったのか」

納得した顔でアッシュが頷く。

アッシュのいた国は、中原の中では安定した方なので、立地もあるしアノマほどじゃないけど、他から逃げ出した人が駆け込んでくることがあるらしい。そして追い出されるので、ハウロンがよく人を見繕いに行ってたりする。

政治的な話は苦手そうなアッシュだけど、駆け引きが苦手なだけで政治そのものの話には詳しい。自分の意見はあまり言わないけれど、主張するべきところや納得いかないことは口に出す。とても端的に短くだけど。

そして、隠れて国に入るならこのルートとか、潜伏するならこのあたりとか、そういう情報にはさらに詳しい。

ハウロンも中原に介入する前にアッシュに話を聞いていた。2人の話、半分くらい俺はちんぷんかんぷんだったけど。

俺に土地勘や、国同士の因縁とか、知識の下地がないのが原因っていうのもあるだろうけど、アッシュのあの短い言葉でハウロンがピンと来る方がおかしいと思います。

アッシュは家や国から自由になったとはいえ、故郷にはやっぱり愛着があるみたいで、手紙のやりとりや、ハウロンと一緒に国に戻って何かをやっている。

ハウロンには【転移】があるからね。持ちつ持たれつなところがあるようで——たぶんそれもあるから、執事がアッシュ経由でハウロンの頼みを聞いてるんだろうと思う。

俺も【転移】はあるんだけど、国同士のやりとりや、政治や貴族のドロドロ系が嫌いなんで、気を使われてるんだと思う。あと、そこに関わっていく自分を、アッシュは俺にあまり見せたくない雰囲気。

なので俺も手伝いの声をかけずに——というか、見ていないフリをしている。本当に危なくなったら手伝うつもりでいるけど。

こうして昼ご飯や遠乗りに付き合ってくれているけれど、アッシュはとても忙しい。あの貴族的な考え方をするお友達が、完全に国を掌握《しょうあく》するまではこのままかな。俺と違って真面目に冒険者もやってるしね。

あのお友達にはあんまり近づきたくないんだけど、貴族の中ではいい奴なんだってことはわかる。やっぱり近づきたくないけど。

執事はアッシュ以上に忙しいはずだけど、器用にそつなくこなしてる。一体どうやって時間のやりくりをしているのか謎すぎる。

まあ、そういうわけでアッシュはハウロンの近況に詳しい。アッシュは表情が険《けわ》しく——最近は柔らかくなったけど——他人に興味があるように見えないけれど、よく人を見ている。ぶっきらぼうで人付き合いは苦手そうだけれど、義理堅《ぎりがた》いし、無言で助けてくれる。真っ直ぐな言葉をくれることもある。

「さて、今日のデザートはマンゴーパフェだ」

種を採るためにマンゴーをたくさん剥いた。とろりとしたマンゴーとソフトクリームだけのシンプルなパフェ。

執事が紅茶を淹れてくれるが無言。アッシュとの昼の時は、いないものとして扱って欲しいと言われてるんだけど、落ち着かない。

俺が落ち着かないことをアッシュも感じたらしく、隅にテーブルを用意して、そこで同じものを食べてもらってる。俺が【収納】から出すんで、基本給仕は必要ないしね。

お茶だけは執事が出したいと言うのでお願いしてるけど。食事が終わった一区切りという感じで、出してもらって正解かもと思ってる。

「……」

イチゴパフェほどではないが、花を飛ばしそうな雰囲気で嬉しそうに食べるアッシュ。

「それで、これがエシャからもらった旅人の石」

「ほう、美しい青だな」

「うん」

アズより少し暗く濃い青。

「で、アッシュにもらって欲しい」

「私に？」

「うん」

コレクションしようかと思ったけど、この円は縁だと言うし。

「……いや、預かるだけにしよう」

「あまり好きじゃない？」

石が？　俺が？

「私はすでに腕輪をもらっている」

ああ、あまり宝飾品をじゃらじゃらつけるタイプじゃないもんね。しかも腕輪とこの円環が合うかどうか――。使わなくても持っててくれるだけでいいんだけどな。

「――それに話を聞く限り、これは飾り紐を結んで完成するものなのだろう？　私が飾り紐をつけるので、ジーンに持っていて欲しい」

アッシュが眉間にうっすら縦皺を出した真顔で言う。

青い旅人の石は、飾り紐を結んだ相手の元に帰るための石。それはさっきアッシュに話したばかりのこと。

「うん。ありがとう」

「……ただ、私は手先が器用とは言えない。だいぶ待たせることになると思う」

ああ、うん。俺の髪、ザリガニみたいになったもんな。でも――

「うん。待ってる」

あとがき

こんにちは、じゃがバターです。

これを書いているのは9月。まだまだ暑いですが、萩の花は咲いて、もう秋だと申しております。

「異世界に転移したら山の中だった」は巻数を重ねて、とうとうダースになりました。魔の森の東の果て、西の滅びの国、ジーンがまだ足を踏み入れていない場所はたくさんあるので、気長にお付き合いいただけると嬉しいです。

人も精霊もだいぶ増えたので、WEBの方に人物紹介を作りたいなと思いつつ、量が多すぎて目を逸らすプレイです。たくさんおりますが、皆さまお気に入りの人や、精霊はおりますでしょうか？　好いてくださるキャラがいると嬉しいです。

今回も岩崎様に素敵なイラストを描いていただいております。おっさんどころか、最近はハウロンが頑張っているので平均年齢がこう……。おっさん率が高いのに、いつも明るい印象のイラストで美しい！　色々な方にお世話になりつつ、本の形にしていただいております。

ソレイユ「ニイ様、どうしたの？」

ジーン「……」
ハウロン「黙り込んでぼうっとしてるわね」
レッツェ「何も考えねぇようにしてる、のか？」
ディノッツソ「ああ、周りの精霊が動かねぇように？」
執事「今現在、絶賛精霊による工事が行われていますが……」
猫船長「やっぱ、この現象の原因はあんたか」
ジーン「ダメ!!　無我の境地、無理！」
ハウロン「港から意識を離さないと無理じゃないかしら？」
ジーン「考えないようにしようとするほど、つい考える！」
レッツェ「あー……。せっかく海にいるんだ。今日の夕食は魚がいいな」
猫船長「この辺りは、マグロが獲れるぜ？」
ソレイユ「ニイ様の意識をそらすのはもう少し後に。港が中途半端すぎるわ……っ！」
執事「ソレイユ様は、なかなかたくましゅうございますな……」

２０２３年長月吉日

じゃがバター

次世代型コンテンツポータルサイト

ツギクル https://www.tugikuru.jp/

「ツギクル」はWeb発クリエイターの活躍が珍しくなくなった流れを背景に、作家などを目指すクリエイターに最新のIT技術による環境を提供し、Web上での創作活動を支援するサービスです。

作品を投稿あるいは登録することで、アクセス数などの人気指標がランキングで表示されるほか、作品の構成要素、特徴、類似作品情報、文章の読みやすさなど、AIを活用した作品分析を行うことができます。

今後も登録作品からの書籍化を行っていく予定です。

ツギクルAI分析結果

「異世界に転移したら山の中だった。反動で強さよりも快適さを選びました。12」のジャンル構成は、ファンタジーに続いて、SF、歴史・時代、ミステリー、恋愛、ホラー、現代文学、青春、童話の順番に要素が多い結果となりました。

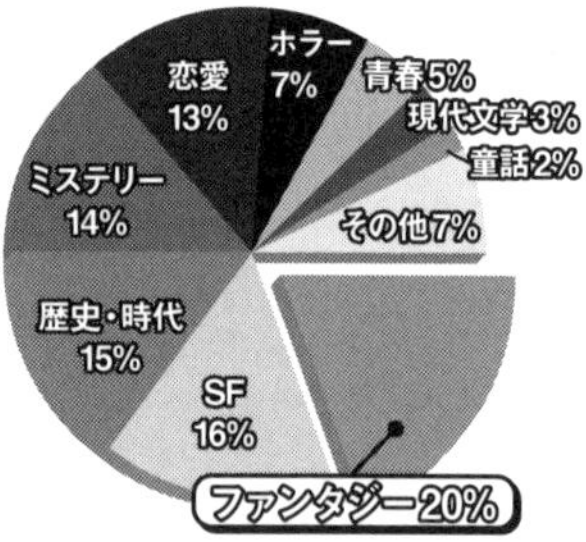

期間限定SS配信

「異世界に転移したら山の中だった。反動で強さよりも快適さを選びました。12」

右記のQRコードを読み込むと、「異世界に転移したら山の中だった。反動で強さよりも快適さを選びました。12」のスペシャルストーリーを楽しむことができます。ぜひアクセスしてください。

キャンペーン期間は2024年4月10日までとなっております。

あなた方の元に戻るつもりはございません!

著:火野村志紀
イラスト:天城望
特別な力? 戻ってきてほしい?

ほっといてください!

私、義子をかわいがるのにいそがしいんです!

OLとしてブラック企業で働いていた綾子は、家族からも恋人からも捨てられて過労死してしまう。

そして、気が付いたら生前プレイしていた乙女ゲームの世界に入り込んでいた。

しかしこの世界でも虐げられる日々を送っていたらしく、騎士団の料理番を務めていたアンゼリカは冤罪で解雇させられる。さらに悪食伯爵と噂される男に嫁ぐことになり……。

ちょっと待った。伯爵の子供って攻略キャラの一人よね?

しかもこの家、ゲーム開始前に滅亡しちゃうの!?

素っ気ない旦那様はさておき、可愛い義子のために滅亡ルートを何とか回避しなくちゃ!

何やら私に甘くなり始めた旦那様に困惑していると、かつての恋人や家族から「戻って来い」と言われ始め……。そんなのお断りです!

定価1,320円(本体1,200円+税10%) 978-4-8156-2345-6
ツギクルブックス
https://books.tugikuru.jp/

皇太子と婚約したら
余命が10年に縮んだので、
謎解きはじめます！
富士とまと
ill. 新井テル子
余命が見える能力で、事件解決！？
殿下！一緒に長生きしましょう！

ざまぁされた王子の三度目の人生
著：海野《うみの》はな
イラスト：梅之シイ
前々世で婚約破棄した元婚約者に今世でひとめぼれ!?
傲慢な王子だった俺・クラウスは、卒業パーティーで婚約破棄を宣言して、鉱山送りにされてしまう。そこでようやく己の過ちに気が付いたがもう遅い。毎日汗水たらして働き、一度目の人生を終える。
二度目は孤児に生まれ、三度目でまた同じ王子に生まれ変わった俺は、かつての婚約破棄相手にまさかの一瞬で恋に落ちた。
今度こそ良き王になり、彼女を幸せにできるのか……？
これは駄目王子がズタボロになって悟って本気で反省し、三度目の人生でかつての過ちに悶えて黒歴史発作を起こしながら良き王になり、婚約破棄相手を幸せにすべく奔走する物語。
定価1,320円（本体1,200円＋税10%）　978-4-8156-2306-7
ツギクルブックス
https://books.tugikuru.jp/

後宮は有料です！
著：美雪
イラスト：しんいし智歩
後宮に就職したのに……
コミカライズ企画進行中！
働くにはお金が必要みたいです！
真面目で誠実な孤児のリーナは、ひょんなことから後宮に就職。
リーナの優しさや努力する姿勢は、出会った人々に様々な影響を与えていく。
現実は厳しく、辛いことが沢山ある。平凡で特別な能力もない。
でも、努力すればいつかきっと幸せになれる。
これは、そう信じて頑張り続けるリーナが紆余曲折を経て幸せになる物語。
定価1,320円（本体1,200円＋税10%）　978-4-8156-2272-5
ツギクルブックス
https://books.tugikuru.jp/

2024年1月、
最新16巻
発売予定！
もふもふを知らなかったら人生の半分は無駄にしていた
1〜15
著／ひつじのはね
イラスト／戸部淑
冒険あり、癒しあり、笑いあり、涙あり
もふもふたちに囲まれた
異世界スローライフ！
魂の修復のために異世界に転生したユータ。異世界で再スタートすると、
ユータの素直で可愛らしい様子に周りの大人たちはメロメロ。おまけに妖精たちがやってきて、
魔法を教えてもらえることに。いろんなチートを身につけて、目指せ最強への道？？
いえいえ、目指すはもふもふたちと過ごす、
穏やかで厳しい田舎ライフです！
転生少年ともふもふが織りなす
異世界ファンタジー、開幕！
定価1,320円（本体1,200円＋税10%） ISBN978-4-8156-0334-2
ツギクルブックス
https://books.tugikuru.jp/

ツギクルブックス

愛読者アンケートに回答してカバーイラストをダウンロード！

愛読者アンケートや本書に関するご意見、じゃがバター先生、岩崎美奈子先生へのファンレターは、下記のURLまたは右のQRコードよりアクセスしてください。

アンケートにご回答いただくとカバーイラストの画像データがダウンロードできますので、壁紙などでご使用ください。

https://books.tugikuru.jp/q/202310/yamanonaka12.html

本書は、カクヨムに掲載された「転移したら山の中だった。反動で強さよりも快適さを選びました。」を加筆修正したものです。


異世界《いせかい》に転移《てんい》したら山《やま》の中《なか》だった。

反動《はんどう》で強《つよ》さよりも快適《かいてき》さを選《えら》びました。12

2023年10月25日　初版第1刷発行

著者　じゃがバター

発行人　宇草 亮
発行所　ツギクル株式会社
〒106-0032　東京都港区六本木2-4-5
TEL 03-5549-1184
発売元　SBクリエイティブ株式会社
〒106-0032　東京都港区六本木2-4-5
TEL 03-5549-1201

イラスト　岩崎美奈子
装丁　株式会社エストール

印刷・製本　中央精版印刷株式会社

定価はカバーに表示してあります。

乱丁本、落丁本はお取り替えいたします。

ISBN978-4-8156-2304-3
Printed in Japan